L'ÉTRANGÈRE

TRUMAN CAPOTE

UN ARBRE DE NUIT
ET AUTRES HISTOIRES

NOUVELLES

TRADUIT DE L'ANGLAIS
PAR SERGE DOUBROVSKY
ET MAURICE EDGAR COINDREAU

L'ÉTRANGÈRE
GALLIMARD

Titre original :

A TREE OF NIGHT AND OTHER STORIES

De son vrai nom Truman Streckfus Persons, Truman Capote est né à La Nouvelle-Orléans en 1924, et il a été élevé dans une plantation de l'Alabama

Il manifeste très tôt un grand don d'observation, du goût pour l'écriture et une grande virtuosité littéraire. Avant de pouvoir vivre de sa plume, il sera danseur sur un bateau de plaisance, puis peintre. Mais il fait rapidement partie, avec son amie et rivale Carson McCullers, des vedettes des *Wunderkinder* littéraires arrivés de leur Sud natal à la conquête de New York. Son premier roman *Les domaines hantés* (1948) remporte un vif et immédiat succès. L'année suivante, il publie un recueil de contes, *Un arbre de nuit*. Suivent *Local Color*, en 1950, *La harpe d'herbes* en 1951, *Les muses parlent* en 1956, le célèbre *Petit déjeuner chez Tiffany* (1958) après lequel il abandonne le domaine poétique de l'enfance, qu'il aura souvent exploité, pour écrire selon une forme plus documentaire *De sang-froid*, ouvrage aujourd'hui mondialement connu, et que lui a inspiré, en 1965, un horrible fait divers.

On a souvent dit de Truman Capote qu'il était le Cocteau des États-Unis, doué, charmant et frivole; on l'a aussi qualifié de « caméléon littéraire ».

Il est mort en 1984, deux ans après la publication en français de *Musique pour caméléons* — recueil de textes d'inspirations et de styles on ne peut plus divers.

MONSIEUR MALÉFIQUE

Le claquement de ses talons hauts sur le marbre de l'entrée la faisait penser à des cubes de glace qui s'entrechoquent dans un verre, et les fleurs, ces chrysanthèmes de demi-saison dans un pot, près de la porte, si on les effleurait seulement, voleraient en éclats, se fracasseraient, sans aucun doute, en une poussière de givre; la maison, quoique chaude, et même quelque peu surchauffée, donnait froid (et Sylvia frissonnait), oui, froid comme les plis neigeux du visage de Miss Mozart, la secrétaire, tout de blanc vêtue, comme si elle eût été une infirmière. Au fait, elle en était peut-être une : cela, bien sûr, expliquerait tout. « Monsieur Revercomb, vous êtes fou, et voici votre infirmière. » Elle y pensa un instant; et puis, tout compte fait, non. Tiens, voilà le valet de chambre qui lui apportait son écharpe... Sa beauté la troubla : svelte, et si doux, un nègre à la peau tachetée, avec des yeux rougeâtres, vitreux. Comme il ouvrait la porte, Miss Mozart apparut, et le frou-frou de son uniforme empesé résonna dans l'antichambre.

— Nous espérons que vous reviendrez, dit-elle en

tendant à Sylvia une enveloppe cachetée. M. Revercomb a été tout à fait charmé.

Dehors, la pénombre tombait en flocons bleus et Sylvia monta, par les rues froides de novembre, jusqu'aux coins isolés de la Cinquième Avenue. Là, il se trouva qu'elle pouvait rentrer chez elle en traversant le Parc ; c'était presque un défi, après tout ce que Henry et Estelle, qui se flattaient de connaître leur ville mieux que personne, lui avaient dit et répété : « Sylvia, tu ne peux pas t'imaginer comme c'est dangereux de se promener dans le Parc, lorsqu'il fait sombre ; regarde ce qui est arrivé à Myrtle Calisher. Nous ne sommes pas à Easton, ma chérie. » Ça, c'était leur autre grande phrase, une vraie rengaine. Bon Dieu, elle était malade de l'entendre. Pourtant, à part quelques sténos qui travaillaient avec elle au Boniprix, maison de sous-vêtements, elle ne connaissait qu'eux à New York. Oh ! ça serait parfait, si seulement elle n'était pas obligée de vivre avec eux, si elle pouvait se procurer quelque part une chambre pour elle seule ; mais, là, dans cet appartement envahi par les rideaux et housses d'indienne, elle avait parfois l'impression qu'elle allait les étrangler tous les deux. D'ailleurs, pourquoi était-elle venue à New York ? Peu importe, tout ce passé s'embrumait ; mais, si elle avait quitté Easton, une ville au nord de Cincinnati, c'était avant tout pour se débarrasser d'Estelle et de Henry, ou plutôt de leurs pendants, quoique, à vrai dire, Estelle fût elle-même originaire d'Easton. Le gros embêtement avec Henry et Estelle, c'est qu'ils faisaient terriblement « mariés » : toujours à faire des chichis, Minou-Minette et rose-bonbon ; ainsi, chaque objet avait son surnom : le téléphone s'appelait Tinte-Marie, le canapé, Arthur, et le lit, Gros Nounours ; sans parler des serviettes Toi-et-Moi, et des coussins Elle-et-Lui. Bref, de quoi vous rendre fou.

« Fou ! » prononça-t-elle d'une voix forte qui s'étouffa dans la quiétude du parc.

C'était ravissant, à cette heure-là : comme elle avait eu raison de venir se promener par ici, avec le vent qui remuait dans les feuilles et les globes étincelants des lampadaires qui projetaient leur lueur sur les oiseaux roses, les flèches bleues ou les cœurs dessinés à la craie par les enfants. Mais soudain, choquants comme une paire de gros mots, apparurent sur le sentier deux garçons au visage boutonneux et au rire sonore ; ils se dessinèrent dans la pénombre, pareils à des flammes menaçantes, et Sylvia, en les croisant, sentit une brûlure l'envahir, tout comme si elle avait frôlé quelque brasier. Ils firent demi-tour et la suivirent à travers un terrain de jeu désert : l'un martelait de son bâton une clôture en fer, et l'autre sifflotait : ces deux sons l'encerclaient comme le grondement confus d'un moteur qui viendrait sur elle, et, lorsque l'un des garçons lui cria en riant : « Hé là ! pourquoi se presser ? » sa bouche se crispa dans un effort de respiration. L'idée lui vint de leur jeter son porte-monnaie et de détaler, mais elle y renonça. Cependant, un homme, qui promenait son chien, déboucha d'un chemin de traverse, et elle résolut de lui emboîter le pas jusqu'à la sortie. Henry et Estelle triompheraient, si elle s'avisait de leur raconter l'aventure ; elle entendait déjà leur « nous-te-l'avions-bien-dit ». Et, qui pis est, Estelle l'écrirait chez elle, et, dans tout Easton, on se répéterait la dernière nouvelle : Sylvia a été violée dans Central Park. Tout au long du chemin qui lui restait à faire, elle couvrit New York de son mépris : l'anonymat, terreur exercée par les bien-pensants, et la voix des égouts, et les lumières toute la nuit, le piétinement incessant, les couloirs de métro, les portes avec leurs numéros (3 C).

— Chut ! mon chou, fit Estelle en se faufilant hors de la cuisine, Minou a du travail.

Sans doute Henry, étudiant en droit à Columbia, était-il penché sur ses livres dans le salon, et Sylvia, à la requête d'Estelle, ôta ses chaussures et traversa la pièce sur la pointe des pieds. Une fois dans sa chambre, elle se jeta sur son lit et se couvrit des mains les yeux. Aujourd'hui avait-il réellement eu lieu ? Miss Mozart et M. Revercomb, les avait-elle vraiment rencontrés dans cette haute maison de la Soixante-dix-huitième Rue ?

— Alors, mon chou, quoi de neuf ? demanda Estelle qui était entrée sans frapper.

Sylvia se releva sur son coude :

— Rien, sauf que j'ai tapé quatre-vingt-dix-neuf lettres.

— Pour quoi dire, mon chou ? interrogea Estelle en se recoiffant avec la brosse de Sylvia.

— Oh ! diable, qu'est-ce que tu crois ? Boniprix, les sous-vêtements adoptés et appréciés par tous les Maîtres de Notre Science et de Notre Industrie.

— Voyons, mon chou, n'aie pas l'air de si mauvaise humeur ! Je me demande ce qui ne tourne pas rond avec toi quelquefois. Tu as l'air de si mauvaise humeur. Zut ! pourquoi ne prends-tu pas une brosse neuve ? Celle-ci est pleine de cheveux.

— Des tiens, surtout.
— Qu'est-ce que tu dis?
— Peu importe.
— Ah! je croyais que tu disais quelque chose. En tout cas, pour revenir à ce que je te racontais, ça m'ennuie de voir que, quand tu reviens de ton bureau, tous les jours, tu es de mauvaise humeur, enfin, tu n'es pas dans ton assiette. A mon avis, et j'en parlais justement hier soir à Minou, qui est tout à fait d'accord avec moi, j'ai dit : Minou, tu sais, je crois que Sylvia devrait se marier; une fille nerveuse comme elle a besoin de se détendre. Il n'y a pas de raison au monde pour que ça ne marche pas. Enfin, je veux dire, tu n'es peut-être pas jolie comme on l'entend d'habitude, mais tu as de beaux yeux, et un regard intelligent et franc. En fait, tu es le genre de fille qui plaît aux intellectuels. Et je crois que tu aimerais... Regarde comme j'ai changé depuis que j'ai épousé Henry. Tu ne te sens pas isolée quand tu nous vois si heureux? Je peux vraiment te le dire, mon chou, il n'y a rien de tel que d'être étendue dans un lit, la nuit, avec des bras d'homme qui vous enlacent, et...
— Estelle, pour l'amour de Dieu!...
Sylvia, furieuse, se redressa sur son lit, les joues empourprées de colère. Mais, au bout d'un moment, elle se mordit les lèvres et baissa les paupières :
— Je suis navrée, dit-elle, ç'a été plus fort que moi. Mais je t'en prie, cesse de parler comme ça.
— Entendu, dit Estelle, qui, ne trouvant rien à ajouter, sourit d'un air bête. Puis elle se dirigea vers Sylvia et lui donna un baiser :
— Je comprends, mon chou; ce qu'il y a, c'est que

tu tombes de fatigue. Et je parierais bien que tu n'as rien mangé. Viens avec moi à la cuisine, que je te fasse des œufs brouillés.

Lorsque Estelle posa les œufs devant elle, Sylvia sentit le remords l'envahir : après tout, Estelle essayait d'être gentille. Alors, comme pour tout arranger, elle dit :

— Il s'est passé quelque chose aujourd'hui...

Estelle s'assit en face d'elle, une tasse de café à la main, et Sylvia poursuivit :

— Je ne sais pas comment t'expliquer. C'est tellement extraordinaire ! Mais..., enfin voilà : je déjeunais, aujourd'hui à l'*Automate*[1] et j'ai dû partager une table avec trois hommes. Il faut croire qu'ils ne remarquèrent même pas ma présence, car ils parlèrent des choses les plus intimes ; l'un d'eux raconta que sa petite amie allait avoir un enfant et qu'il ne savait pas où il trouverait l'argent pour y « remédier » ; alors un des deux autres lui demanda pourquoi il ne vendait pas un objet quelconque. Il répondit qu'il n'avait rien à vendre. Là-dessus le troisième homme, — qui paraissait plutôt raffiné et n'avait pas l'air d'appartenir au même milieu que ses compagnons —, lui dit qu'il se trompait, qu'il y avait toujours quelque chose qu'il pouvait vendre : des rêves. Même moi, je me mis à rire, mais l'homme secoua la tête et dit d'un ton tout à fait sérieux : non, ce n'est pas de la blague, la tante de sa femme, Miss Mozart, travaillait chez un type qui avait une grosse fortune et achetait les rêves, oui, les rêves qu'on fait la nuit, les rêves de tout le monde. Et il écrivit le nom et

1. Restaurant à distributeurs automatiques. *(N.d.T.)*

l'adresse de l'homme en question, et donna le papier à son ami; mais celui-ci le laissa tout simplement traîner sur la table, en disait qu'une folie de ce genre ne lui convenait pas.

— A moi non plus, interrompit la vertueuse Estelle.

— Je ne sais pas, reprit Sylvia, en allumant une cigarette, toujours est-il que cette idée n'a pas cessé de me trotter dans la tête, malgré moi. Le nom écrit sur le papier était : A. F. Revercomb et l'adresse, Soixante-dix-huitième Rue Est. Je n'ai fait qu'y jeter un coup d'œil, rapidement, mais c'était... Je ne sais pas, il me semblait que je ne pourrais pas m'en défaire. J'en avais mal à la tête, au bout du compte. Alors j'ai quitté le bureau de bonne heure...

Lentement et solennellement, Estelle posa sa tasse de café :

— Écoute, mon chou, tu ne vas pas me dire que tu as été le voir, ce Revercomb à la noix?

— Je n'en avais pas l'intention, dit Sylvia, qui dès lors se demanda comment elle allait s'en sortir. Essayer de raconter l'histoire était une erreur, elle s'en rendait compte à présent. Estelle n'avait pas un brin d'imagination, jamais elle ne comprendrait. Alors elle eut ce plissement des yeux qui indiquait qu'elle inventait un mensonge : Et, en fait, je n'y ai pas été. J'étais vraiment partie pour y aller, mais je me suis aperçue que c'était idiot, et j'ai préféré me promener.

— Tu as été raisonnable, dit Estelle, qui se mit à empiler les assiettes sur l'évier. Pense à ce qui aurait pu t'arriver. Acheter des rêves! A-t-on jamais entendu parler d'une chose pareille? Ha! je te le dis, ce n'est pas à Easton qu'on verrait des trucs comme ça !

Avant de se retirer, Sylvia prit un comprimé de gardénal, ce qui n'était pas dans ses habitudes ; mais elle savait bien que, avec l'esprit aussi leste et bondissant qu'à présent, elle ne pourrait jamais s'endormir sans cachet. Soudain elle fut envahie par une étrange tristesse, elle eut l'impression que quelque chose lui manquait, comme si elle avait été victime d'un vol réel, ou même moral, comme si les garçons qui l'avaient suivie dans le parc s'étaient réellement emparés de (brusquement elle alluma sa lampe) son sac à main. L'enveloppe que lui avait remis Miss Mozart ? Elle était dans le sac, mais, jusqu'à cet instant, elle n'y avait plus pensé. Elle la décacheta. Une feuille de papier bleu était repliée autour d'un billet ; la feuille portait ces mots : « Payement d'un rêve : cinq dollars. » Elle n'en doutait plus à présent : oui, c'était vrai, elle avait vendu un rêve à M. Revercomb. Si elle en vendait seulement deux par semaine, c'est inouï ce qu'elle pourrait faire : J'aurai un chez-moi quelque part, où je vivrai seule, pensa-t-elle en s'abandonnant au sommeil : comme la lueur d'une flamme, le bien-être vacilla autour d'elle, et bientôt ce fut la lueur crépusculaire d'une lanterne aux verres opaques ; j'enfonce et tout s'enfonce ; et lui, ses lèvres, ses bras : culbute d'images emboîtées. Avec dégoût, elle envoya promener d'un coup de pied sa couverture. Étaient-ce ces bras d'homme, les bras dont Estelle avait parlé ? Les lèvres de M. Revercomb effleurèrent son oreille, tandis que, penché sur elle, il pénétrait son sommeil. « Racontez-moi », murmura-t-il.

Une semaine s'écoula avant qu'elle ne le revît. C'était dans les premiers jours de décembre, un dimanche après-midi. Elle était sortie avec l'intention d'aller au cinéma, mais, elle ne savait comment, car vraiment on eût dit que tout cela se faisait sans qu'elle en eût conscience, elle se retrouva dans Madison Avenue, à deux rues de celle de M. Revercomb. C'était une journée froide, avec un ciel argenté et des bouffées de vent qui vous transperçaient et s'agrippaient à vous comme de la rose trémière; dans les vitrines, les étalages de Noël étincelaient, avec leurs stalactites en clinquant scintillant parmi les montagnes de neige pailletée : la détresse de Sylvia était à son comble, car elle abhorrait les vacances, ces moments où l'on se sent le plus seul. A la vue d'une certaine vitrine, elle fut clouée sur place : il s'agissait d'un Père Noël électrique, grandeur nature, qui se balançait frénétiquement d'avant en arrière et, tout vibrant d'allégresse mécanique, se donnait de grandes tapes sur le ventre. Derrière l'épaisseur du verre, on pouvait entendre son rire criard et sonore. Plus elle le contemplait, plus il lui semblait abominable. Enfin elle se retourna en frissonnant, et se dirigea vers la maison de M. Revercomb. Extérieurement, c'était une maison comme on en voit dans toutes les villes; bien qu'elle fût peut-être un peu moins astiquée, un peu moins imposante que d'autres, elle ne laissait pas d'avoir une certaine grandeur. Du lierre, desséché par le froid, s'enroulait en guirlandes autour des fenêtres à vitraux et s'effilait au-dessus de la porte comme les tentacules d'une pieuvre. De chaque côté du porche se trouvait un lion en pierre, avec des yeux aveugles tout effrités. Sylvia retint son souffle et sonna. Le pâle et charmant nègre de M. Revercomb la reconnut et lui sourit courtoisement.

Lors de sa précédente visite, elle s'était trouvée seule dans le salon d'attente. Mais aujourd'hui, d'autres personnes étaient là, des femmes d'aspect divers et aussi un jeune homme aux yeux d'insecte qui ne tenait absolument pas en place. Si ces gens, comme on aurait pu le croire, avaient été des malades dans le salon d'un docteur, on l'eût pris pour un futur père, ou pour une victime de Saint-Guy. Sylvia, assise à côté de lui, sentit que ses yeux inquiets la déshabillaient rapidement, mais sa curiosité fut vite satisfaite, et il reprit le fil de ses préoccupations crispées. Petit à petit, pourtant, elle se rendit compte que tout le monde dans le salon s'occupait d'elle; les regards de ces gens, dans l'obscurité douteuse de cette pièce remplie de plantes vertes, avaient plus de raideur que les pieds des chaises sur lesquelles ils étaient assis; une femme surtout l'observait sans pitié. Son visage, qui, à l'état normal, eût été commun et d'une douceur un peu molle, était rendu hideux par la défiance et la jalousie qu'on lisait dans ses regards. Elle portait un renard mangé aux mites, qu'elle ne cessait de caresser avec le geste d'un dompteur tentant d'amadouer une bête qui risque à tout instant de bondir, les crocs en avant; ses yeux, qui dévoraient Sylvia, ne lâchèrent prise que lorsque le pas tonitruant de Miss Mozart ébranla l'antichambre. Immédiatement, comme dans un groupe d'étudiants que la crainte soudain dissocie, chacun reprit son identité et tendit l'oreille :

— Vous, monsieur Pocker, c'est votre tour, pointa Miss Mozart.

Et M. Pocker la suivit en se tordant les mains et en roulant convulsivement les yeux. Dans la pièce obscure, chacun reprit sa place, comme des grains de poussière dans un rayon de soleil.

Dehors la pluie se mit à tomber; sur les murs frissonnèrent les reflets estompés des fenêtres, et le jeune maître d'hôtel de M. Revercomb, glissant à travers la chambre, attisa le feu dans l'âtre et posa sur une table un plateau à thé. Sylvia, qui était la plus proche du feu, se sentit engourdie par la chaleur et le bruit de la pluie. Sa tête tomba sur son épaule, elle ferma les yeux, à mi-chemin du sommeil. Pendant un long moment, le balancement cristallin d'une horloge égratigna le silence vernissé de la maison de M. Revercomb. Puis, soudain, on entendit dans l'antichambre un tumulte épouvantable qui fit chavirer la pièce dans un délire de sons. Une grosse voix bovine et horriblement vulgaire beugla :

— Arrêter Oreilly ? Le maître d'hôtel de comédie, et qui encore ?

L'homme qui avait parlé était petit, taillé en barrique, et d'un teint de brique; il avança jusqu'au seuil du salon et s'arrêta en titubant.

— Bon, bon, bon, dit-il de sa voix rauque et avinée, qui se faisait de plus en plus grave, ces dames sont avant moi, mais Oreilly est un homme du monde, Oreilly sait attendre son tour.

— Pas ici, ici il n'attend pas, intervint Miss Mozart, qui, s'approchant à pas de loup, le saisit vigoureusement au collet.

Oreilly, déjà passablement rouge, devint écarlate et ses yeux sortirent de leurs orbites.

— Vous m'étouffez, soupira-t-il.

Mais Miss Mozart, dont les mains verdâtres étaient aussi fortes que des racines de chêne, resserra encore sa prise, et le poussa vers la porte, qui claqua bientôt avec un fracas assourdissant : une tasse à thé résonna et des feuilles de dahlia desséchées tombèrent en vrille sur le parquet. La dame au renard glissa un cachet d'aspirine entre ses dents.

— Répugnant, dit-elle, et tous, hormis Sylvia, eurent un petit rire discret et admiratif, lorsque Miss Mozart revint à grandes enjambées en s'époussetant les mains.

Il tombait une pluie épaisse et sombre lorsque Sylvia sortit de chez M. Revercomb. Elle chercha des yeux un taxi, mais ne vit rien, ni personne ; et pourtant, si : l'ivrogne qui, tout à l'heure, avait causé le désordre ; comme un enfant perdu, appuyé contre une voiture en stationnement, il faisait rebondir une petite balle en caoutchouc.

— Viens voir, fillette, dit-il à Sylvia, je viens de trouver cette balle, regarde-moi ça ; tu crois que ça porte bonheur ?

Sylvia lui sourit ; malgré ses airs meurtriers, elle le jugeait inoffensif. Tout n'était pas mauvais dans son visage, en particulier cette tristesse grimaçante qui faisait penser à un clown sans maquillage. Tout en jonglant avec sa balle, il suivit Sylvia dans la direction de Madison Avenue.

— Je parie que je me suis couvert de ridicule. Quand je fais des choses comme ça, j'ai envie de m'asseoir par terre et de pleurer.

Toute la pluie qu'il avait reçue semblait l'avoir considérablement dégrisé.

— Mais vraiment, elle n'aurait pas dû être si brutale avec moi. Diable! elle n'y va pas de main morte. J'ai connu des femmes pas commodes: ma sœur Bérénice, par exemple, pouvait marquer n'importe quel taureau, si furieux fût-il. Mais celle-là, c'est une vraie harpie; je vous le dis, elle finira sur la chaise électrique. Il fit claquer sa langue et reprit: Ils n'ont aucune raison de me traiter comme ça. De toute façon, c'est sa faute, à lui. Au début je n'en avais pas des masses à lui donner, mais après il a tout pris, et maintenant qu'est-ce qu'il me reste? *Niente*, fillette, *niente*.

— C'est trop affreux, dit Sylvia, qui se sentait de la compassion, sans savoir pourquoi. Vous êtes clown, monsieur Oreilly?

— Je l'ai été.

A présent ils avaient atteint l'avenue, mais Sylvia n'essaya même pas de trouver un taxi. Elle voulait continuer à marcher sous la pluie avec l'homme qui avait été clown.

— Quand j'étais petite, les seules poupées que j'aimais, c'étaient les clowns. Ma chambre, à la maison, ressemblait à un cirque.

— J'ai fait d'autres métiers aussi. J'ai vendu des assurances, entre autres.

— Oh! fit Sylvia, déçue. Et maintenant, qu'est-ce que vous faites?

Oreilly eut un petit rire et lança sa balle à une hauteur extraordinaire. Lorsqu'il l'eut rattrapée, il resta la tête renversée en arrière.

— J'observe le ciel, dit-il. Je suis là, avec ma valise, et je voyage dans le bleu. C'est là qu'on voyage quand on n'a pas d'autre endroit où aller. Je me demande ce que je fais sur cette planète. J'ai volé, j'ai mendié, j'ai vendu mes rêves — tout ça pour du whisky. On ne peut pas voyager dans le bleu sans une bouteille. Et ceci nous amène à un point précis : comment prendriez-vous ça, si je vous demandais de me prêter un dollar ?

— Je prendrais ça très bien, répliqua Sylvia ; puis elle se tut, car elle ne savait pas quoi ajouter.

Avec quelle lenteur ils marchaient, tandis que la pluie toute raide les entourait comme un rempart mouvant : elle avait l'impression de se promener avec une poupée d'enfant, une poupée animée par un pouvoir surnaturel ; elle chercha sa main, et la prit : cher clown, qui voyagez dans le bleu.

— Mais voilà, je n'ai même pas un dollar, je n'ai que soixante-dix *cents*.

— L'intention reste bonne, dit Oreilly, mais, dites-moi franchement, est-ce que c'est tout ce qu'il vous paie aujourd'hui ?

Sylvia savait très bien de qui il parlait.

— Non, non, — à vrai dire, je ne lui ai pas vendu de rêve.

Elle n'essaya pas de lui expliquer : elle-même ne comprenait pas. Lorsqu'elle s'était trouvée en présence de la grisaille irréelle de M. Revercomb, impeccable, exact comme les plateaux d'une balance, avec ces odeurs de clinique flottant autour de lui, et ses yeux gris plantés à fleur de tête comme des graines dans un visage anonyme, protégés par des verres aux reflets d'acier, elle avait été incapable de se rappeler un rêve ; alors elle avait parlé de deux voleurs qui l'avaient prise en chasse à travers le Parc et entre les balançoires d'un terrain de jeu.

— « Arrêtez », il me dit d'arrêter; « il y a rêve et rêve », ajouta-t-il, « mais celui-là n'en est pas un, c'est de votre invention. » Dites-moi, comment croyez-vous qu'il s'en soit aperçu? Après, je lui ai encore raconté un autre rêve. Il s'agissait de lui : c'était la nuit, il me tenait dans ses bras, et tout autour on voyait des ballons qui montaient et des lunes qui descendaient. Il a dit que les rêves qui le concernaient ne l'intéressaient pas. Et il a demandé à Miss Mozart, qui prenait les rêves en sténo, d'appeler la personne suivante. Je ne crois pas que j'y retournerai jamais, dit-elle.

— Vous y retournerez, dit Oreilly. Regardez-moi : j'y retourne bien encore, et depuis longtemps il a fini avec moi, M. Maléfique.

— M. Maléfique? Pourquoi l'appelez-vous comme ça?

Ils avaient atteint l'endroit où le Père Noël mécanique se balançait en aboyant. Son rire se répercutait dans la rue bruissante sous la pluie et son ombre oscillante se mêlait aux reflets irisés du trottoir. Oreilly se retourna et dit en souriant :

— Je l'appelle M. Maléfique parce que c'est ce qu'il est. On peut lui donner un autre nom; en tout cas, c'est le même type, et sûrement vous l'avez connu. Toutes les mères en parlent à leurs gosses : il vit dans les arbres creux, descend par les cheminées lorsque la nuit s'est installée, et se cache dans les cimetières; on l'entend marcher dans les mansardes. Le salaud, il vous vole et vous menace : tout ce que vous possédez, il vous le prendra, et à la fin, vous n'aurez plus rien, pas même un rêve.

Il partit d'un rire bruyant, qui couvrit celui du Père Noël.

— Voilà, maintenant vous savez qui il est?

Sylvia approuva d'un signe de tête :

— Oui, je sais qui il est. Dans ma famille on lui donnait un autre nom, mais je n'arrive pas à me rappeler lequel. C'est si vieux!

— Mais vous vous en souvenez?

— Oui, je m'en souviens.

— Alors, appelez-le M. Maléfique.

Puis, lançant sa balle en l'air, il s'éloigna :

— M. Maléfique.

Sa voix s'estompa jusqu'à n'être plus qu'un soupir assourdi :

— Mon-sieur Ma-lé-fique.

*

C'était dur de regarder Estelle, car elle était en face d'une fenêtre tout emplie de soleil et de vent. Sylvia en avait mal aux yeux et le tintement du verre lui donna la migraine. Estelle, en plus, lui faisait la leçon. Sa voix nasillarde grinçait comme si sa gorge eût été un dépôt de lames de rasoir rouillées.

— Je voudrais que tu puisses te voir, dit-elle.

Ou bien était-ce plutôt ce qu'elle avait dit tout à l'heure? Peu importe.

— Je me demande ce qu'il t'est arrivé, je parierais bien que tu ne pèses pas cent livres, on peut compter tous tes os et tes veines, et si tu voyais tes cheveux! Tu as l'air d'un caniche.

Sylvia se passa la main sur le front.

— Quelle heure est-il, Estelle?

— Quatre heures, dit-elle, s'interrompant juste le temps de regarder sa montre. Mais où as-tu mis ta montre?

— Je l'ai vendue, répondit Sylvia, trop lasse pour inventer un mensonge.

Ça n'avait aucune importance. Elle avait vendu tant de choses, à commencer par son manteau de castor et son sac du soir à mailles d'or.

Estelle secoua la tête :

— Ma chérie, j'abandonne, j'abandonne complètement ! Et c'était la montre que ta mère t'avait donnée pour tes examens ! Quelle honte ! dit-elle en faisant claquer ses lèvres comme une vieille fille. C'est une pitié et une honte. Je ne comprendrai jamais pourquoi tu nous as quittés. C'est ton affaire, d'accord, mais pourquoi avoir pris ce... ce...

— ... taudis, souffla Sylvia, usant à dessein d'un tel mot.

C'était une chambre meublée aux abords des Soixantième et Soixante-dixième Rues Est, entre la Deuxième et la Troisième Avenue. Juste la place pour un canapé et un vieux bureau effrité avec une glace qui ressemblait à un œil vitreux. Une fenêtre unique donnant sur un vaste terrain vague où l'on voyait les enfants courir comme des fous (on pouvait entendre leurs cris rauques et effrénés) ; et, au loin, se détachant sur l'horizon comme un point d'exclamation, la cheminée noire d'une usine. Cette cheminée apparaissait souvent dans les rêves de Sylvia, et chaque fois Miss Mozart, levant les yeux de sa feuille de sténo, murmurait avec une sorte d'excitation :

— Phallique, phallique.

Le plancher de la chambre était un vrai dépotoir, où voisinaient pêle-mêle des livres, commencés, mais jamais terminés, de vieux journaux, et même des peaux d'oranges, des trognons de fruits, des sous-vêtements et une boîte de poudre renversée.

Estelle se fraya un chemin à coups de pied à travers tout ce fatras, et s'assit sur le canapé :

— Tu ne sais pas, mon chou, j'ai été follement inquiète. Enfin tout de même, j'ai mon petit orgueil et tout le reste; alors, si tu ne m'aimes pas, bon, je te comprends, mais il y a une chose, c'est que tu n'as pas le droit de rester comme ça à l'écart et de ne pas donner de tes nouvelles pendant plus d'un mois. Alors, ce matin, j'ai dit à Minou : Minou, tu sais, j'ai l'impression qu'il est arrivé quelque chose de terrible à Sylvia. Tu te rends compte ce qu'il m'est passé par la tête, quand j'ai téléphoné à ton bureau et qu'on m'a répondu que tu n'y avais pas travaillé depuis quatre semaines! Qu'est-ce qui s'est passé, on t'a flanquée à la porte?

— Oui, à la porte.

Sylvia fit mine de se redresser :

— Je t'en prie, Estelle, il faut que je me prépare, j'ai un rendez-vous.

— Reste tranquille. Tu ne sortiras pas d'ici tant que je ne saurai pas ce qui ne va pas. La propriétaire, en bas, m'a dit que tu étais somnambule, on t'a rencontrée...

— Qu'est-ce qu'il te prend d'aller l'interroger comme ça? Pourquoi m'espionnes-tu?

Les yeux d'Estelle se plissèrent comme si elle allait pleurer. Elle mit sa main sur celle de Sylvia et la câlina gentiment :

— Dis-moi, mon chou, c'est pour un homme?

— Oui, c'est pour un homme, répondit Sylvia d'une voix toute proche du rire.

— Tu aurais dû venir me voir avant, soupira

Estelle, je m'y connais en hommes. Il n'y a rien là-dedans dont tu aies à rougir. Un homme qui sait s'y prendre est capable de faire oublier à une fille tout ce qui n'est pas lui. Quand bien même Henry ne serait pas ce qu'il est, c'est-à-dire un homme de loi d'avenir et de valeur, eh bien ! je l'aimerais encore, et je ferais pour lui des choses qui, autrefois, quand je ne savais pas ce que c'était de vivre avec un homme, m'auraient paru choquantes et révoltantes. Mais, tu vois, mon chou, cet homme avec qui tu t'es accointée, il profite de toi.

— Il ne s'agit pas de ce genre de relations, dit Sylvia en se levant.

Elle repéra une paire de bas dans le désordre des tiroirs de son bureau.

— Ça n'a rien à voir avec l'amour. Allons, n'y pense plus. Tu n'as qu'à rentrer chez toi et m'oublier complètement.

Estelle la regarda intensément :

— Tu m'effraies, Sylvia, vraiment tu m'effraies.

Sylvia continuait de s'habiller en riant.

— Tu te rappelles quand j'ai dit, il y a longtemps, qu'il fallait te marier ?

— Oh ! ça... Tiens, écoute-moi bien.

Sylvia se retourna ; elle tenait entre ses lèvres des épingles à cheveux, rangées en file, qu'elle extrayait une à une, tout en parlant.

— D'après toi le mariage est une panacée ; jusqu'à un certain point, oui, je suis d'accord. Bien sûr, je désire être aimée : qui diable ne le désire pas ? Bon, mais, même en admettant que je veuille transiger, dis-moi un peu où est l'homme que j'épouserai ? Pour moi, il a dû tomber dans une bouche d'égout ; Dieu ait son âme ! Je ne plaisante pas quand je dis qu'il n'y a pas d'hommes à New York. Tout ceux que j'ai pu rencontrer et qui avaient quand même un brin de séduction étaient ou bien mariés, ou bien trop pauvres pour se marier, ou encore à moitié timbrés. Et, de toute façon, ce n'est pas ici un endroit pour avoir le coup de foudre; au contraire, c'est l'endroit idéal pour oublier l'amour. Bien sûr, je pourrais trouver quelqu'un à épouser, mais est-ce que tu t'imagines que c'est ce que je cherche, que c'est ça que je veux?

Estelle haussa les épaules :

— Alors, qu'est-ce que tu veux?

— Autre chose que ce que j'aurai jamais.

Elle ficha la dernière épingle dans ses cheveux et brossa ses sourcils devant la glace.

— Estelle, j'ai un rendez-vous, il est temps que tu t'en ailles, maintenant.

— Je ne peux pas te laisser comme ça, dit Estelle, dont la main, dans un geste de détresse, parut envelopper la chambre de Sylvia. Voyons, tu étais mon amie d'enfance.

— Justement nous ne sommes plus des enfants, moi du moins. Non, je voudrais que tu rentres chez toi et que tu ne reviennes plus ici. La seule chose que je désire, c'est que tu oublies tout de moi.

Estelle agita un mouchoir devant ses yeux, et, le temps d'atteindre la porte, elle pleurait déjà à chaudes larmes. Sylvia, au point où elle en était, ne pouvait avoir de remords : ayant mal agi, elle n'avait rien d'autre à faire que d'agir plus mal encore.

— Vas-y, continue, dit-elle en suivant Estelle à l'entrée, et tu pourras écrire à la maison toutes les âneries qui te passeront par la tête.

Estelle, à ces mots, laissa échapper un tel cri que tous les voisins d'étage apparurent sur le pas de leurs portes; puis elle descendit les escaliers en courant.

Sylvia regagna sa chambre et suça un morceau de sucre pour ôter le mauvais goût qu'elle avait dans la bouche : c'était le remède que préconisait sa grand-mère pour soigner les humeurs. Puis elle s'agenouilla et tira de dessous son lit une boîte à cigares qu'elle y dissimulait. Quand on l'ouvrait, la boîte jouait une version arrangée non sans quelque fantaisie, de : *Ah! comme j'ai horreur de me lever le matin!* Son frère avait fabriqué la boîte à musique et la lui avait donnée pour ses quinze ans. Tout à l'heure, le morceau de sucre lui avait rappelé sa grand-mère, et voilà que, maintenant, en entendant cet air, elle pensait à son frère. Les chambres de la maison familiale tournoyèrent devant ses yeux, salles obscures où elle se glissait comme un rayon de lumière : en haut des escaliers, puis en bas à gauche maintenant, puis à droite, effluves de printemps, ombres des lilas, grincement criard de la porte battante du perron... « Tous partis », pensa-t-elle, citant leurs noms un à un, « et je suis seule, toute seule à présent ». La musique s'arrêta, mais elle l'entendit encore dans sa tête. Et son claironnement couvrait les cris des enfants du terrain vague. Et tout ça se mêlait à sa lecture. Elle parcourait une sorte d'agenda qu'elle conservait dans la boîte à musique et dans lequel elle notait l'essentiel de ses rêves : elle en faisait sans cesse maintenant, mais elle avait tant de peine à se les rappeler! Tiens, aujourd'hui elle parlerait à M. Revercomb des trois enfants aveugles. Il aimerait ça. Ses prix étaient variables, mais ce rêve-là ferait au moins ses dix dollars, elle en était sûre. L'air de la boîte à cigares la poursuivit dans les escaliers et parmi les rues, et elle aurait donné n'importe quoi pour parvenir à s'en débarrasser.

Dans le magasin où elle avait vu le Père Noël, un nouvel étalage, tout aussi crispant, avait été disposé. Même lorsqu'elle était en retard à son rendez-vous avec M. Revercomb, comme c'était le cas aujourd'hui, Sylvia ne pouvait s'empêcher de s'arrêter devant la vitrine. Une jeune fille en plâtre, avec un regard d'une extraordinaire intensité dans ses yeux de verre, pédalait sur une bicyclette à un rythme absolument fou. Les rayons des roues tournaient à une telle vitesse qu'on se sentait comme hypnotisé, mais, bien sûr, la bicyclette n'avançait pas ; tout cet effort insensé, et la pauvre fille clouée sur place : un vrai drame humain, et qui rappelait tellement à Sylvia sa propre situation, qu'elle en éprouvait chaque fois une réelle angoisse. Et de nouveau la musique de la boîte à cigares se déroula dans sa tête : le refrain, son frère, la maison, une danse d'école, la maison, le refrain ! M. Revercomb ne pouvait-il pas l'entendre ? Son regard pénétrant était si lourd de soupçons et d'ennui. Pourtant il parut satisfait du rêve de Sylvia, qui reçut, des mains de Miss Mozart, une enveloppe contenant dix dollars.

— J'ai eu un rêve de dix dollars, dit-elle à Oreilly, qui répondit en se frottant les mains :

— Bravo, c'est excellent ! mais, quand même, c'est bien ma chance : tu aurais dû l'avoir plus tôt, parce que, entre-temps, j'ai fait quelque chose de terrible. J'étais dans un magasin de liqueurs en haut de la rue, j'ai pris un quart et je suis parti en courant.

Sylvia refusa de le croire jusqu'à ce qu'il exhibât de son pardessus rapiécé une bouteille de Bourbon, à moitié vide déjà.

— Vous allez avoir des ennuis, un de ces jours, dit-elle, et alors moi, qu'est-ce que je deviendrai ? Je ne sais pas ce que je pourrais faire sans vous.

Oreilly se mit à rire et se versa un coup de whisky dans un grand verre. Ils étaient attablés dans un café ouvert toute la nuit, dont les grossières peintures murales et les glaces bleuâtres semblaient animer un énorme entrepôt de victuailles. Aux yeux de Sylvia, c'était un bouge immonde, et pourtant ils s'y retrouvaient fréquemment pour dîner ; d'ailleurs, même si elle en avait eu les moyens, elle eût été bien en peine de trouver un autre endroit, car ce couple d'une jeune fille et d'un ivrogne titubant présentait vraiment un aspect étrange. Même ici, ils attiraient souvent les regards ; lorsque les gens les regardaient trop fixement, Oreilly attendait un instant, puis disait en se redressant :

— Bonjour, ma souris. Il me semble que c'est pas la première fois que je te vois, hein ? Toujours en train de travailler dans le salon pour hommes ?

Mais, en général, on les laissait tranquilles dans leur coin, et parfois ils restaient à bavarder jusqu'à deux ou trois heures du matin.

— Heureusement que les autres ouailles de M. Maléfique n'ont pas su que tu as gagné ces dix dollars : il y aurait sûrement quelqu'un pour aller raconter que tu avais volé le rêve ! Ça m'est arrivé une fois. Ils se bouffent entre eux, tous tant qu'ils sont ; jamais vu une bande de salauds comme ça, pires que des acteurs, des clowns ou des hommes d'affaires. C'est fou, quand on y pense : tu te fais du mauvais sang, tu te demandes si tu vas dormir, si tu auras un rêve, si tu t'en souviendras. Et ainsi de suite, la roue tourne. Et un beau jour tu reçois deux ou trois dollars et tu t'empresses d'aller les dépenser en whisky ou en petites pilules pour dormir. Et le résultat, c'est que tu te retrouves un jour en train de bouffer les pissenlits par la racine. Eh bien! fillette, tu sais à quoi ça ressemble? Ça ressemble à la vie.

— Non, Oreilly, ça ne ressemble pas à la vie. Ça n'a rien de commun avec la vie. C'est plutôt comme si on était mort. J'ai l'impression qu'on m'a tout pris, comme si j'avais été attaquée par un brigand et qu'il m'avait volée jusqu'aux os. Oreilly, je vous assure que je n'ai pas la moindre ambition, moi qui en ai toujours eu tant. Je n'y comprends rien et je ne sais pas quoi faire.

Il grimaça :

— Et tu prétends que ça ne ressemble pas à la vie? Personne ne comprend la vie et personne ne sait quoi faire.

— Soyez sérieux, dit-elle, rangez-moi ce whisky et mangez votre soupe avant qu'elle ne gèle dans votre assiette.

Elle alluma une cigarette et ses sourcils se froncèrent encore davantage, car la fumée lui piquait les yeux.

— Si seulement je savais ce qu'il veut en faire de ses rêves, tous tapés à la machine et soigneusement classés! Vous avez raison de l'appeler M. Maléfique. Ça ne peut pas être une simple idée de charlatan; il y a sûrement autre chose, ça ne peut pas être aussi bête. Mais pourquoi donc veut-il des rêves? Aidez-moi, Oreilly, réfléchissez, réfléchissez, qu'est-ce que ça veut dire ?

Oreilly se versa un autre verre en louchant horriblement ; son rictus clownesque s'effaça et ses lèvres se durcirent en une ligne de raideur magistrale :

— Ça vaut un million de dollars, une question comme ça, fillette. Pourquoi ne demandes-tu pas quelque chose de facile, comme de guérir le rhume de cerveau ? Oui, fillette, qu'est-ce que ça peut bien vouloir dire ? J'ai passé pas mal d'heures à y réfléchir, tu sais. Même que ça m'est arrivé d'y penser en faisant l'amour avec une femme ou en plein milieu d'une partie de poker.

Il avala son whisky et frissonna.

— Tiens ; un rêve peut naître d'un simple son : le bruit d'une seule voiture qui passe dans la rue peut plonger des dizaines de dormeurs dans les profondeurs d'eux-mêmes. C'est drôle de penser à cette voiture qui roule dans la nuit et draine un tel cortège de rêves. Une histoire de sexe, un brusque changement de lumière, une cuite, autant de clés qui peuvent ouvrir les portes de notre intimité. Mais la plupart des rêves commencent parce qu'il y a en nous des furies qui soufflent et défoncent tous les murs. Tu vois, je ne crois pas en Jésus-Christ, mais je crois que les gens ont une âme, et je me l'imagine comme ça : les rêves sont l'esprit de l'âme et ce qu'il y a de plus vrai en nous. Quant à M. Maléfique, sans doute qu'il n'a pas d'âme, alors il grignote, miette par miette, celles des autres, il les vole, comme il volerait tes poupées ou l'aile de poulet dans ton assiette. Des centaines d'âmes sont passées entre ses mains pour finir dans un fichier.

— Oreilly, soyez sérieux! répéta Sylvia, qui croyait qu'il continuait à plaisanter. Tiens, regardez, votre soupe est...

Elle s'arrêta net, effrayée par l'expression singulière d'Oreilly. Il regardait du côté de l'entrée. Trois hommes étaient là, deux policiers et un civil qui portait une veste d'employé de bureau. Ce dernier montrait leur table du doigt. Les yeux d'Oreilly firent le tour de la salle, avec un désespoir de bête prise au piège; il soupira, et, s'appuyant sur le dossier de sa chaise, se versa solennellement un autre verre.

— Bonjour, messieurs, dit-il, lorsque les représentants de l'ordre furent en face de lui, voulez-vous prendre un verre avec nous?

— Vous n'allez pas l'arrêter! gémit Sylvia, vous n'allez pas arrêter un clown!

Elle leur lança son billet de dix dollars, mais ils n'y prêtèrent aucune attention; elle se mit alors à cogner sur la table. Tous les consommateurs observaient le spectacle, et le patron arriva en se tordant les mains. Les policiers demandèrent à Oreilly de se lever.

— A vos ordres, dit-il, encore que je sois extrêmement peiné de voir que vous vous dérangez pour un délit aussi minime que le mien, alors qu'il y a partout des brigands de grande envergure au travail. Ainsi cette charmante enfant, — il s'avança entre les officiers et montra Sylvia, — est la dernière victime d'une vaste entreprise de vol : pauvre gosse, on lui a volé son âme.

*

Après l'arrestation d'Oreilly, Sylvia ne bougea pas de sa chambre pendant deux jours : le rebord de la fenêtre s'illumine de soleil, puis tout devient sombre. Le troisième jour, comme elle avait épuisé sa provision de cigarettes, elle se risqua jusqu'au *delicatessen* du coin. Elle acheta un paquet de biscuits, une boîte de sardines, un journal et des cigarettes. Pendant ces deux jours, elle n'avait rien mangé; aussi éprouvait-elle une délicieuse et vivifiante impression de légèreté; mais lorsqu'elle eut regrimpé les escaliers et refermé sa porte avec un soupir de soulagement, elle se sentit tellement lasse qu'elle n'eut plus la force d'arranger le canapé. Elle se laissa glisser sur le parquet et y resta étendue jusqu'à ce que le jour à nouveau se levât. Après coup, elle crut que cela avait duré environ vingt minutes. Elle alluma la radio et la fit marcher à toute force, puis traîna une chaise près de la fenêtre et ouvrit le journal sur ses genoux: « Lana nie, La Russie refuse, Les Mineurs transigent... » Il y avait quelque chose de beaucoup plus triste que tout ça, c'est que la vie continuait: pour ceux qui perdent leurs amours, la vie devrait s'arrêter, comme le monde devrait s'arrêter lorsque meurt un homme: et jamais cela n'arrivait! Voilà la vraie raison pour laquelle les gens se levaient au petit jour tous les matins: non parce que ça avait de l'importance, mais justement parce que ça n'en avait aucune. D'ailleurs, en y réfléchissant, si M. Revercomb réussissait un jour à prendre à chacun tous ses rêves, et s'il les rassemblait, peut-être... — l'idée glissa, et se perdit dans l'enchevêtrement de la radio et du journal. « Baisse de la température. » Une tempête de neige traverse le Colorado, traverse l'Ouest, s'écrase sur toutes les petites villes, jaunit les lumières, comble ici et là les traces de pas: vrai, comme elle est vite arrivée, la tempête de neige! Les toits, le terrain vague, et le lointain blanchi qui s'éloigne encore : toujours plus profond comme un abîme de sommeil. Elle regarda le journal et regarda la neige. Il a dû neiger toute la journée. C'est impossible que ça ait juste commencé maintenant. On n'entendait aucun bruit de circulation dans les rues; là-bas, sur le terrain vague, des enfants faisaient cercle autour d'un feu de joie; une voiture, ensevelie le long du trottoir, laissait scintiller ses lanternes, S.O.S. silencieux comme la détresse d'un cœur. Sylvia émietta un biscuit et en saupoudra le rebord de la fenêtre : des oiseaux viendraient lui tenir compagnie. Et, pour eux, elle laissa la fenêtre ouverte; la bourrasque éparpillait sur le parquet des flocons qui fondaient comme des joyaux de Premier Avril. « ... présente : Pour que la vie soit belle. » Baisse cette radio. La sorcière des bois frappa à la porte. « Entrez, Miss Halloran », dit-elle, et elle éteignit la radio. Calme de neige, silence de sommeil; seule la mélopée lointaine des enfants autour du feu de joie; et la pièce était bleue de froid, plus froide que le froid des contes de fées : « Repose-toi, mon cœur, parmi les fleurs de givre de l'igloo. Monsieur Revercomb, pourquoi attendez-vous sur le seuil? Entrez donc, je vous en prie, il fait froid là dehors. »

Le moment du réveil, en revanche, fut chaud et ferme. La fenêtre était close et des bras d'homme enlaçaient Sylvia. Il chantait pour elle, de sa voix gentille, mais un peu affectée : « Parfum des cerises, parfum des sous, parfum de bonheur, ha! le meilleur de tous est un parfum d'amour! »

— Oreilly, est-ce..., est-ce vraiment vous?

Il la pressa dans ses bras :

— Voilà que le bébé est réveillé. Et comment se sent-il ?

— J'ai cru que j'étais morte, dit-elle, tandis que le bonheur voltigeait en elle comme un oiseau blessé qui a sauvé ses ailes.

Elle essaya de l'étreindre, mais elle était trop faible.

— Je vous aime, Oreilly, vous êtes mon seul ami et j'ai eu si peur. Je croyais que je ne vous reverrais jamais plus.

Elle s'arrêta, se rappelant ce qui s'était passé :

— Mais, pourquoi n'êtes-vous pas en prison ?

Le visage d'Oreilly rosit et parut tout amusé.

— Je n'ai jamais été en prison, dit-il mystérieusement. Mais, avant tout, mangeons quelque chose. J'ai ramené du ravitaillement, ce matin, du *delicatessen*.

Elle eut soudain la sensation de flotter.

— Depuis combien de temps êtes-vous là ?

— Depuis hier, dit-il, s'affairant autour d'elle avec des paquets et des assiettes en papier. C'est vous-même qui m'avez fait entrer.

— Non ! C'est impossible. Je ne m'en souviens absolument pas.

— Je sais, dit-il ; et il n'aborda plus le sujet. Là, bois ton lait, comme un enfant bien sage, et je te raconterai une histoire immorale et vraie ! Oh ! tu vas voir, c'est du sport ! promit-il, en se tapant joyeusement les côtes avec un air de plus en plus clownesque. Oui, comme je te l'ai dit, je n'ai jamais été en prison, et ce coup de chance m'est arrivé parce que, figure-toi, ces abrutis étaient en train de me bousculer dans la rue, quand, tout à coup, qu'est-ce que je vois ? Une forme qui se dirige en se dandinant vers nous, oui, la femme gorille, tu l'as deviné, Miss Mozart elle-même ! « Hé ! que j'lui dis, c'est l'heure d'aller se faire faire la barbe ? — On vous a tout de même arrêté, ce n'est pas trop tôt, dit-elle en souriant à un des cognes. Faites votre travail, monsieur l'agent. — Oh ! je lui dis, on ne m'a pas arrêté. Non, vous voyez, je vais de ce pas au poste de police pour vous moucharder, vous, sale communiste ! » Alors elle se mit à beugler, tu peux un peu t'imaginer comment ; elle m'agrippa et les flics l'agrippèrent. Et Dieu sait que je les ai prévenus. Je leur ai dit : « Attention, les gars, elle a du poil sur les nichons ! » Et je te jure qu'elle s'est débattue ! Alors, moi, je me suis dégagé et j'ai en quelque sorte continué mon chemin. Tu comprends, je n'ai jamais été très partisan de regarder les gens se bourrer de coups comme ils font ici !...

Oreilly resta avec Sylvia, dans la chambre, toute la fin de la semaine. Elle ne se rappelait pas avoir été aussi heureuse : d'abord jamais elle n'avait tant ri, et puis, jamais elle ne s'était sentie si aimée, même dans sa famille. Oreilly était un fin cuisinier et préparait des plats délicieux sur le petit fourneau électrique ; une fois, il recueillit de la neige sur le rebord de la fenêtre et fit des sorbets parfumés au sirop de fraise. Dès dimanche, elle se sentit assez forte pour danser. Ils firent marcher la radio et dansèrent jusqu'à ce qu'elle tombât sur ses genoux, essoufflée et souriante.

— Jamais plus je n'aurai peur, dit-elle ; d'ailleurs je ne sais pas au juste de quoi j'avais peur avant.

— Des mêmes choses dont vous aurez peur à la prochaine occasion, répondit calmement Oreilly. C'est un privilège de M. Maléfique : personne ne sait qui il est, — pas même les enfants, et pourtant ils savent tout en général.

Sylvia s'accouda à la fenêtre; une blancheur arctique recouvrait la ville, mais la neige ne tombait plus et la nuit était claire comme de la glace; très haut, au-dessus de la rivière, elle vit la première étoile du soir.

— J'ai vu la première étoile, dit-elle, en croisant ses doigts.

— Et quel est votre vœu quand vous voyez la première étoile?

— Je demande à en voir une autre, répondit-elle. Du moins est-ce ce que je demandais d'habitude.

— Mais ce soir?

Elle s'assit sur le parquet et appuya la tête contre les genoux d'Oreilly.

— Ce soir, je voudrais qu'on me rende mes rêves.

— Est-ce que nous n'avons pas tous le même désir? dit Oreilly en lui caressant les cheveux. Mais, dis-moi, qu'est-ce que tu ferais? Qu'est-ce que tu ferais, si tu retrouvais tes rêves?

Sylvia garda le silence un moment; quand elle se remit à parler, ses yeux semblaient distants et pleins de gravité.

— Je voudrais retourner à la maison, dit-elle lentement, et ceci est une terrible décision, car elle signifierait que je renonce à la plupart de mes autres rêves. Oui, si M. Revercomb voulait me rendre mes rêves, je rentrerais chez moi demain.

Sans dire un mot, Oreilly se dirigea vers la penderie et tendit à Sylvia son manteau.

— Mais, pourquoi? dit-elle, comme il l'aidait à l'enfiler.

— Peu importe, dit-il, fais seulement ce que je te dis. Nous allons rendre visite à M. Revercomb, et tu lui demanderas qu'il te rende tes rêves. C'est à tenter.

Sylvia se mit en travers de la porte :

— Je vous en prie, Oreilly, ne me faites pas faire ça. Je ne peux pas, je vous assure, j'ai peur.

— Je croyais que tu disais que tu n'aurais plus jamais peur.

Une fois dans la rue, il la fit marcher si rapidement dans le vent, qu'elle n'eut pas le temps d'avoir peur. C'était dimanche; les magasins étaient fermés et les feux de circulation semblaient ne scintiller que pour eux, car, tout au long de l'avenue tapissée de neige, aucune voiture ne bougeait. Sylvia, qui finissait par oublier où ils allaient, parlait de tout et de rien : tiens! juste au coin, c'est là qu'elle avait aperçu Greta Garbo, et là-bas, elle avait vu une vieille femme écrasée. Bientôt cependant elle se tut, à bout de souffle, et comme terrassée par une constatation soudaine :

— Je ne peux pas, Oreilly! dit-elle en faisant un pas en arrière; qu'est-ce que je vais lui dire?

— Fais ça comme si tu traitais une affaire, répondit Oreilly. Dis-lui à brûle-pourpoint que tu as envie de récupérer tes rêves, et que s'il te les donne, tu lui rendras l'argent, par mensualités, bien entendu. Ça me paraît assez simple. Je ne vois pas pourquoi il ne pourrait pas te les donner : ils sont tous là, dans un fichier.

Plutôt convaincue par ces paroles, Sylvia, frappant le sol de ses pieds transis, se remit à marcher bravement.

— Bon, je t'aime mieux comme ça, dit Oreilly.

Ils se séparèrent dans la Troisième Avenue, car Oreilly estimait qu'il ferait mieux de ne pas trop se risquer pour l'instant dans les alentours de la maison de M. Revercomb. Il se dissimula sous un porche, frottant de temps en temps une allumette, et chantant tout haut : « Ah! le meilleur de tous est un parfum de whisky. » Allongé comme un loup, un chien décharné marchait furtivement à travers les tranches de lune découpées par les arches du métro, et, sur le trottoir opposé, des hommes attroupés devant un bar formaient un groupe d'ombres estompées : l'idée qu'il pourrait peut-être écornifler un verre là-bas le fit vaciller.

Et, juste comme il avait décidé de tenter peut-être quelque chose d'approchant, Sylvia réapparut. Elle était déjà blottie dans ses bras, avant même qu'il l'eût vraiment reconnue.

— Voyons, chérie, ça ne peut pas aller si mal que ça, dit-il d'une voix douce, en la tenant le plus fort qu'il pouvait. Ne pleure pas, mon petit : il fait trop froid pour pleurer : tu vas te gercer la figure.

Mais elle, sans dire un mot, car les sons s'étranglaient dans sa gorge, continuait de pleurer; puis, au paroxysme des larmes, elle se mit à rire, d'une façon saccadée et tout à fait anormale.

— Vous savez ce qu'il a dit? fit-elle d'une voix entrecoupée. Vous savez ce qu'il a dit quand je lui ai demandé mes rêves?

Sa tête retomba en arrière, et son rire, devenu

strident, emplit la rue, comme un cerf-volant bariolé qui aurait été lâché... Oreilly, à la fin, dut la secouer par les épaules.

— Il a dit... que je ne pouvais pas les reprendre parce que... parce qu'il les avait tous utilisés jusqu'au dernier.

Sylvia n'ajouta pas un mot; son visage, soudain radouci, n'exprimait plus rien. Elle donna son bras à Oreilly, et ils descendirent tous deux dans la rue; mais on les eût pris pour deux amis qui arpentent un quai de gare, chacun dans l'attente du train qui doit emporter l'autre. Quand ils eurent atteint le coin, Oreilly s'éclaircit la voix et dit :

— Voilà, je crois que je ferais mieux de filer ici. C'est un endroit comme un autre.

Sylvia s'agrippa à sa manche :

— Mais où donc irez-vous, Oreilly?

— Voyager dans le bleu, répondit-il avec un sourire forcé qui eut peine à se dessiner.

Elle ouvrit son sac à main.

— Un homme ne peut voyager dans le bleu sans une bouteille, dit-elle.

En lui donnant un baiser sur la joue, elle glissa un billet de cinq dollars dans sa poche.

— Dieu te garde, fillette.

Peu importait que ce fussent ses derniers sous et qu'elle eût maintenant à rentrer chez elle à pied, au milieu de la solitude. La neige amoncelée formait comme une mer toute blanche avec des vagues blanches poussées par les vents et les marées lunaires. Elle grimpa sur l'un des tas.

« Je ne sais pas ce que je désire, et peut-être ne le saurai-je jamais; mais, après chaque étoile, mon seul vœu sera d'en voir une autre. Et, réellement, je n'ai pas peur », pensa-t-elle.

Deux garçons sortirent d'un bar et la dévisagèrent : il y a bien longtemps, dans un parc, elle avait vu deux garçons, et peut-être étaient-ce les mêmes.

« Réellement je n'ai pas peur », se dit-elle, en entendant derrière elle leurs foulées neigeuses ; et, de toute façon, il n'y avait plus rien à voler.

(Traduit par S. Doubrovsky.)

TELS DES ENFANTS, AU JOUR DE LEUR ANNIVERSAIRE

(Cette histoire est dédiée à Andrew Lyndon.)

C'est hier après-midi que Miss Bobbit s'est fait écraser par l'autobus de six heures. Je ne sais trop ce qu'il convient d'en dire — après tout elle n'avait que dix ans — mais je suis convaincu que pas un de nous, dans cette ville, ne l'oubliera jamais. D'abord, elle n'a jamais rien fait qui fût ordinaire, cela dès la première fois que nous la vîmes, et c'était il y a un an. Miss Bobbit et sa mère étaient arrivées par ce même autobus de six heures, celui qui vient directement de Mobile. Il se trouvait que c'était l'anniversaire de mon cousin Billy Bob, et c'est pourquoi presque tous les enfants de la ville étaient réunis chez nous. Nous étions alignés sur le perron de devant, en train de déguster de la glace aux fruits et du gâteau au chocolat, quand l'autobus enfila à toute allure le « Virage de la Mort ». C'était pendant cet été où on n'a pas eu une goutte d'eau; la sécheresse recouvrait tout d'une couche pareille à de la rouille; parfois, quand une voiture passait sur la route, la poussière soulevée planait dans l'air immobile, pendant une heure ou plus. Tante El avait coutume de dire que si on ne pavait pas bientôt la grand-rue, elle allait partir pour la côte. Mais il y avait si longtemps qu'elle le disait ! Quoi qu'il en soit, nous étions installés sur le perron, et la glace aux fruits fondait dans nos assiettes, quand tout à coup, juste au moment où nous souhaitions qu'il se passât quelque chose, quelque chose arriva en effet, car, de la poussière ocre de la route, Miss Bobbit surgit. C'était une petite fille mince et nerveuse, habillée d'une robe de cérémonie empesée, de couleur jaune citron, elle s'avançait en minaudant comme une grande personne, une main sur la hanche et tenant de l'autre un parapluie de vieille fille. Sa mère, traînant deux valises bon marché et un phono à manivelle, suivait derrière. C'était une grande femme maigre, ébouriffée, les yeux inexpressifs et le sourire avide.

Tous les enfants sur le perron étaient devenus si tranquilles que, lorsqu'un bataillon de guêpes fit entendre son bourdonnement, les filles oublièrent de pousser leurs habituels piaillements de frayeur. Leur attention était trop fixée sur Miss Bobbit et sa mère, qui avaient à ce moment atteint la porte d'entrée.

— Je vous demande pardon, dit Miss Bobbit d'une voix à la fois précieuse et enfantine, comme un joli bout de ruban, exacte et pure comme celle d'une actrice ou d'une maîtresse d'école, est-ce que nous pourrions parler aux grandes personnes qui habitent ici ?

Ce qui signifiait tante El, et moi, dans une certaine mesure. Mais Billy Bob et tous les autres garçons, dont pas un n'avait plus de treize ans, nous escortèrent jusqu'à la porte d'entrée. C'était à croire qu'ils n'avaient jamais vu de fille jusque-là, pas une en tout cas qui ressemblât à Miss Bobbit. Pour reprendre les mots de tante El : « Qui a jamais entendu parler d'une enfant maquillée ? » Le fard donnait à ses lèvres un éclat orange ; ses cheveux, échafaudage de boucles roses, faisaient penser à une perruque pour bal costumé, et ses sourcils inclinés et marqués au crayon lui donnaient un regard averti. Son corps frêle ne manquait pas de dignité ; il y avait de la grande dame en elle et, par surcroît, elle vous regardait dans les yeux avec une franchise toute masculine :

— Je suis Miss Lily Jane Bobbit, Miss Bobbit de Memphis, Tennessee, annonça-t-elle solennellement.

Les garçons fixèrent le bout de leurs pieds, tandis que sur le perron, les filles, sous l'impulsion de Cora Mac Call, que Billy Bob courtisait à l'époque, éclatèrent en une cascade de rires aigus.

— Des petites campagnardes, fit Miss Bobbit avec un sourire condescendant, et elle fit un moulinet insolent avec son ombrelle. Ma mère, et cette personne sans distinction eut une inclinaison de tête pour répondre à son nom, ma mère et moi avons retenu des chambres ici. Voulez-vous être assez aimable pour nous montrer la maison. Il s'agit de celle de Mrs. Sawyers.

— Oh ! bien volontiers, dit tante El. Voilà la maison de Mrs. Sawyers, juste en face.

C'est la seule pension de famille des alentours, une grande bâtisse, vieille et sombre, sur le toit de laquelle sont installés une vingtaine de paratonnerres : Mrs. Sawyers a une peur bleue des orages.

Devenant rouge comme une tomate, Billy Bob dit :

— Je vous demande pardon, madame, puisqu'il fait si chaud et ainsi de suite, est-ce que ça vous ferait plaisir de vous reposer un peu et de prendre un peu de glace aux fruits ?

Miss Bobbit secoua la tête :

— Trop nourrissant, la glace aux fruits, mais je vous dis grand merci.

Elles entreprirent de traverser la rue, la mère traînant à moitié ses bagages dans la poussière, mais Miss Bobbit se retourna avec une expression sérieuse, le jaune d'or de ses yeux s'assombrit, elle les roula légèrement de côté, comme si elle cherchait à se rappeler un poème :

— Ma mère a des difficultés d'élocution, annonça-t-elle rapidement, il faut donc que je parle à sa place.

Elle poussa un soupir :

— Ma mère est une très bonne couturière, elle a fait des robes pour les femmes du monde de plusieurs villes, dont Memphis et Tallahassee. Vous avez remarqué sans doute et admiré la robe que je porte, elle a été entièrement cousue à la main par ma mère. Ma mère peut copier n'importe quel patron et elle a gagné récemment un prix de vingt-cinq dollars offert par le *Ladies Home Journal*. Ma mère sait aussi faire du crochet, tricoter, broder. Pour n'importe quel travail de couture que vous aurez à faire faire, adressez-vous à ma mère, je vous prie. Je vous serais reconnaissante d'en parler à vos amis et parents. Merci.

Et dans un froufrou de soie froissée, elle disparut.

Cora Mac Call et les autres filles tiraient nerveusement sur leurs rubans ; elles semblaient très décontenancées et dépitées.

— « Je suis Miss Bobbit », fit Cora, avec une grimace qui voulait être une imitation méchante, moi, je suis la princesse Élisabeth, voilà ce que je suis ha, ha. D'ailleurs cette robe était minable au possible. Mes vêtements à moi viennent d'Atlanta, sans compter ma paire de souliers de New York et pour ne rien dire de ma bague de turquoise qui vient en droite ligne de Mexico, capitale du Mexique.

Tante El leur dit qu'il n'était pas charitable de se conduire ainsi envers une petite fille comme elles, et qui était étrangère en cette ville, mais elles continuèrent, comme une bande de harpies, et il y eut des garçons, les moins dégourdis, ceux qui aimaient être avec les filles, pour s'en mêler et dire des choses qui firent rougir tante El, laquelle déclara qu'elle allait tous les renvoyer chez eux et que, de plus, elle préviendrait leurs papas. Mais avant qu'elle eût pu mettre cette menace à exécution, Miss Bobbit réapparut et traversa le perron des Sawyers, affublée de vêtements différents et sensationnels.

Les garçons les plus âgés, tels Billy Bob et Preacher Star, qui étaient restés assis tranquilles pendant que les filles se gaussaient de Miss Bobbit, et qui contemplaient la maison où elle avait disparu avec une expression rêveuse de désir, se dressèrent alors et descendirent jusqu'à la porte d'entrée.

Cora Mac Call eut un petit rire méprisant et fit la moue, mais tous les autres allèrent s'asseoir sur les marches. Miss Bobbit ne nous accorda pas la moindre attention. La cour des Sawyers est ombragée par des mûriers et plantée d'herbe et d'arbustes odoriférants. Parfois, après la pluie, leur parfum est perceptible jusque chez nous. Au milieu de la cour il y a un cadran solaire que Mrs. Sawyers installa en 1912 à la mémoire de son taureau de Boston, Sunny, qui mourut après avoir lapé un seau de peinture. Miss Bobbit traversa la cour d'un pas léger, portant le gramophone. Elle alla le poser sur le cadran solaire, le remonta et mit un disque; il se mit à jouer le *Comte de Luxembourg*. La nuit était presque venue maintenant. C'était l'heure des lucioles, baignée de clarté bleue laiteuse; les oiseaux, comme des flèches, plongeaient ensemble et disparaissaient dans le feuillage des arbres. Avant les orages, les feuilles et les fleurs semblent être illuminées par un éclairage, un coloris particuliers. Miss Bobbit prise dans une petite jupe blanche pareille à une houppette, les cheveux noués de rubans aux paillettes d'or étincelantes semblait, silhouettée qu'elle était sur un arrière-plan de ténèbres grandissantes, bénéficier de ce privilège lumineux. Elle se tenait sur la pointe des pieds, les bras arrondis en arceau au-dessus de sa tête, les mains pendantes comme des corolles. Elle demeura ainsi pendant un long moment, et tante El dit que c'était rudement calé de sa part. Puis elle commença à valser, tournant, tournant et encore et toujours, si bien que tante El finit par dire qu'elle était tout étourdie de la regarder. Elle s'arrêta seulement quand il fallut remonter le phono. Et quand la lune se mit à dévaler les croupes montagneuses, quand les enfants furent rentrés chez eux, et que l'iris de la nuit commença à s'épanouir, Miss Bobbit était toujours là dans le noir, tournant comme une toupie.

Nous ne la revîmes pas pendant quelque temps. Preacher Star venait tous les matins et restait toute la journée jusqu'au dîner. Preacher est un garçon mince comme un fil, avec une tignasse de cheveux roux ébouriffés. Il a onze frères et sœurs, et ils ont peur de lui, car il a un très violent caractère et est célèbre par ici pour sa méchanceté jalouse. Le 4 juillet dernier, il a administré une telle correction à Ollie Overton, que la famille d'Ollie a dû l'envoyer à l'hôpital de Pensacola; une autre fois, il coupa avec ses dents un morceau d'oreille à une mule, le mastiqua et le recracha. Tant que Billy Bob n'eut pas grandi, Preacher Star lui en fit voir de toutes les couleurs, à lui aussi. Il lui glissait du poil à gratter dans son col, lui frottait les yeux de poivre et lui déchirait ses devoirs. Mais maintenant, ce sont les plus grands amis de la ville, toujours du même avis, toujours ensemble; ils disparaissent tous les deux pendant des jours entiers et Dieu sait où ils vont! Mais pendant cette période où Miss Bobbit fut invisible, ils ne s'éloignèrent pas de la maison. Ils baguenaudaient dans la cour, essayaient de dégotter avec leurs frondes les moineaux sur les poteaux télégraphiques, ou bien Billy Bob jouait de l'ukulule et ils chantaient si fort, que l'oncle de Billy Bob qui est juge de ce comté disait que ça s'entendait jusqu'au tribunal.

Envoie une lettre
Donne-la au courrier
Prison de Birmingham
Aux bons soins du geôlier.

Miss Bobbit, elle, ne les entendait pas ou, du moins, pas une fois n'avança la tête à la porte.

Puis, un jour que Mrs. Sawyers était venue

emprunter du sucre, elle en raconta de belles sur ses nouvelles pensionnaires :

— Vous savez, dit-elle, louchant de ses petits yeux vifs de poule, vous savez, le mari était un escroc. C'est la petite fille qui me l'a dit. Pas honte pour deux sous, pas un brin... Dit que son papa est le plus cher des papas et le chanteur le plus mélodieux de tout le Tennessee. Alors je lui demande : « Et où est-il maintenant, mon petit ? » Alors, de l'air le plus détaché du monde, elle me dit : « Oh ! il est au pénitencier, et nous ne savons plus rien de lui. » Vous trouvez pas que c'est à vous donner le frisson ? Et puis je crois bien que sa maman, j'ai idée que ça doit être plus ou moins une étrangère ; dit jamais un mot et il y a des moments où on se demande si elle comprend ce que les gens disent ; et vous savez elles mangent tout *cru* : œufs crus, navets et carottes crus et jamais de viande, pour des raisons de santé, dit la petite. N'empêche qu'elle est au lit avec la fièvre depuis mardi.

C'est ce même après-midi que tante El, qui était allée arroser ses roses, s'aperçut qu'elles avaient disparu. C'étaient des roses d'une espèce rare et elle voulait les envoyer à l'exposition de fleurs de Mobile. C'est ce qui explique qu'elle a un peu perdu la tête. Elle téléphona au shérif :

— Il faut que vous veniez ici en vitesse, il y a que quelqu'un m'a volé mes « Lady Anne », dont je prends soin comme de la prunelle de mes yeux depuis le début du printemps.

Quand la voiture du shérif s'arrêta devant chez nous, tous les voisins de la rue sortirent sur le pas de leurs portes et Mrs. Sawyers apparut, le visage tout blanc sous une couche de crème, et traversa la route en trottant.

— C'est à cause de cela! s'exclama-t-elle, très déçue de voir que personne n'avait été assassiné... On ne vous les a pas prises, vos roses, c'est votre Billy Bob qui les a portées chez moi et qui a dit que c'était pour la petite Bobbit.

Tante El ne dit pas un mot. Elle alla seulement au pêcher et se coupa une baguette.

— Billy Bob, oh! oh!

Elle suivit la rue en criant son nom et elle finit par le trouver au garage Speedy avec Preacher Star. Ils étaient en train de regarder Speedy démonter un moteur. Elle attrapa Billy par les cheveux et le traîna à la maison en lui administrant une volée de bois vert, mais elle ne put lui faire demander pardon, ni le faire pleurer. Et quand elle en eut fini avec lui, il courut à l'arrière-cour et grimpa au faîte d'un noyer et jura qu'il n'en descendrait plus. Quand son papa rentra et que ce fut l'heure du dîner, le papa alla à la fenêtre et l'appela :

— Mon garçon, nous ne sommes plus fâchés contre toi; descends donc et viens dîner.

Mais Billy Bob ne voulait pas bouger. Tante El vint se pencher contre l'arbre. Elle parlait d'une voix douce comme la lumière du soir.

— Je te demande pardon, mon petit, dit-elle. Je ne voulais pas te frapper si fort que cela. J'ai fait un bon dîner, mon petit, de la salade de pommes de terre, du jambon bouilli, et des œufs frits.

— Va-t'en, dit Billy Bob, je ne veux pas dîner, et je te hais comme la peste.

Son père lui dit qu'il ne devait pas parler comme ça à sa mère, et elle se mit à pleurer. Elle se tint là sous l'arbre et pleura, soulevant le bas de sa jupe pour s'essuyer les yeux.

— Je t'aime bien, mon petit; si je ne t'aimais pas, je ne t'aurais pas battu.

Les feuilles du noyer commencèrent à remuer, et Billy Bob se laissa glisser lentement jusqu'au sol; tante El, lui passant les doigts dans les cheveux, l'attira à elle :

— Oh m'man! oh m'man, disait-il.

Après dîner, Billy Bob vint se jeter au pied de mon lit. Il avait cette odeur à la fois âcre et douce qu'ont les jeunes garçons et j'eus pitié de lui, surtout parce qu'il avait l'air si préoccupé. Ses yeux étaient presque clos de souci.

— C'est une chose qui se fait, d'envoyer des fleurs aux malades, remarqua-t-il judicieusement.

A ce moment, le phono fit entendre un air lointain et bien rythmé. Un papillon de nuit entra par la fenêtre et voleta dans l'air, délicat comme la musique, mais il faisait nuit maintenant et nous ne pouvions nous rendre compte si Miss Bobbit dansait. Billy Bob, comme s'il souffrait, se replia sur le lit comme un couteau qu'on ferme, mais son visage s'éclaircit soudain, ses yeux avides de garçon vacillèrent comme deux flammes.

— Elle est maligne, murmura-t-il, c'est la fille la plus maligne que j'aie jamais rencontrée, et puis zut! je m'en fiche, je cueillerais bien pour elle toutes les roses de la Chine.

Preacher, lui aussi, aurait bien cueilli pour elle toutes les roses de la Chine. Il en était aussi fou que Billy Bob, mais Miss Bobbit ne leur accordait aucune attention. Tout ce que nous eûmes d'elle, ce fut un mot adressé à tante El et la remerciant pour les fleurs. Jour après jour, elle venait s'asseoir sur le perron, toujours sur son trente et un, et brodait, peignait ses boucles ou lisait un dictionnaire Webster, cérémonieuse, mais aimable tout de même. Si vous lui disiez bonjour, elle vous répondait bonjour; pourtant les garçons n'eurent jamais le courage d'aller lui parler, et la plupart du temps elle les ignorait, même quand ils passaient et repassaient devant elle en paradant pour attirer son attention. Ils luttaient, jouaient à Tarzan, faisaient des acrobatics dangereuses sur leurs bicyclettes : c'était un spectacle attristant. La plupart des filles de la ville passaient deux ou trois fois par heure devant la maison Sawyers dans le seul espoir de l'apercevoir. Parmi elles, on remarquait surtout Cora Mac Call, Murphy Jones et Janice Ackerman. Cora refusait maintenant d'adresser la parole à Billy Bob, et Janice observait la même conduite à l'égard de Preacher Star. Janice écrivit même à Preacher une lettre à l'encre rouge et sur papier à bords ajourés, dans laquelle elle lui disait qu'il était plus méprisable qu'il n'était possible de le dire, qu'elle considérait leurs fiançailles comme rompues et qu'il pouvait reprendre l'écureuil empaillé qu'il lui avait donné. Preacher, disant qu'il voulait être gentil, l'arrêta quand elle passa devant notre maison, la fois suivante, et lui dit que si elle voulait, bon Dieu, elle pouvait garder ce vieil écureuil. Il n'a jamais compris après ça pourquoi Janice s'était sauvée en braillant comme elle le fit.

Mais un jour les garçons se montrèrent encore plus déchaînés que d'habitude. Billy Bob déambulait, affublé de l'uniforme de guerre kaki de son père. Preacher de son côté, sans chemise, s'était dessiné une femme nue sur la poitrine avec un vieux bâton de rouge à lèvres de tante El. Ils avaient l'air de deux parfaits imbéciles. Miss Bobbit allongée sur un fauteuil à bascule ne fit qu'en bâiller. Il était midi et il n'y avait personne dans la rue qu'une petite négresse dodue comme un bébé et aussi ronde qu'une prune, qui fredonnait en portant un seau de mûres. Les garçons, aussi agressifs que des moustiques, se mirent à la taquiner, lui refusant le passage si elle ne payait pas un gage.

— Je ne m'occupe pas de gages, dit-elle ; de quelle sorte de gages voulez-vous parler, monsieur ?

— Tu viens passer un moment dans la grange, dit Preacher entre ses dents, un sacré bon moment dans la grange.

Alors elle haussa les épaules d'un air fâché et dit que les séances dans la grange ne l'intéressaient pas. Là-dessus Billy Bob bascula son seau, et avec des cris aigus de cochon, elle gesticula vainement pour prévenir le désastre. Preacher, qui peut être aussi méchant qu'un démon, lui donna un coup de pied au derrière qui l'envoya s'étaler dans la poussière et dans les mûres. Miss Bobbit traversa la route en trombe, agitant le doigt comme un métronome ; elle battit des mains, frappa du pied tout à fait comme une maîtresse d'école et dit :

— C'est pourtant bien connu que les messieurs sont sur cette terre pour la protection des dames. Est-ce que vous vous imaginez que les garçons se conduisent ainsi dans des villes comme Memphis, New York, Hollywood, et Paris ?

Les garçons reculèrent et fourrèrent leurs mains dans leurs poches. Miss Bobbit aida la petite négresse à se relever, l'épousseta, lui sécha les yeux, sortit un mouchoir et lui dit de se moucher.

— Jolie situation, dit-elle, bel état de choses, vraiment, quand une dame ne peut pas se promener en sécurité en plein jour !

Puis toutes deux retraversèrent la rue et allèrent s'asseoir sur le perron des Sawyers et pendant l'année qui suivit elles ne se quittèrent pour ainsi dire pas, Miss Bobbit et son bébé éléphant, qui répondait au nom de Rosalba Cat. Les premiers temps, Mrs. Sawyers n'accepta pas de bon cœur de voir Rosalba passer ses journées chez elle. Elle déclara à tante El que ça vous retournait les sangs de voir une moricaude se prélasser à la vue de tous sur le perron de devant de sa maison. Mais Miss Bobbit était douée d'une sorte de pouvoir magique et quoi qu'elle entreprît, elle le menait à bien, et cela avec tant de hauteur, tant de détermination qu'il n'y avait rien à faire qu'à l'accepter. Par exemple, les commerçants de la ville avaient coutume de ricaner quand ils l'appelaient « *Miss* » Bobbit mais, petit à petit, elle fut *Miss* Bobbit pour de bon et ils lui faisaient des petits saluts guindés quand elle passait en faisant tournoyer son ombrelle. Miss Bobbit disait à tout le monde que Rosalba était sa sœur, ce qui fut la source de bien des plaisanteries, mais comme toutes ses idées, celle-là finit par sembler naturelle et, quand nous les surprenions à s'appeler « ma sœur Rosalba » et « ma sœur Bobbit », personne n'avait envie de sourire. A elles deux, elles firent des choses peu ordinaires : il y eut l'histoire des chiens ; il y en avait un grand nombre dans notre ville : terriers, chiens de chasse, limiers ; ils erraient dans les rues désertes et surchauffées de soleil, en bandes apathiques d'une demi-douzaine ou plus, n'aspirant tous qu'à la nuit et à la lune, et alors, au beau milieu des heures solitaires de la nuit, vous pouviez les entendre hurler : quelqu'un va mourir, quelqu'un est mort. Miss Bobbit se plaignit au shérif. Elle dit que certains de ces chiens venaient toujours se planter sous sa fenêtre, et que d'abord, elle avait le sommeil léger. D'ailleurs elle était de l'avis de sa sœur Rosalba, elle ne croyait pas du tout qu'il s'agissait de chiens, mais bien d'incarnations du démon. Bien entendu, le shérif ne fit rien du tout; aussi prit-elle l'affaire en main elle-même. Un matin, après une nuit particulièrement bruyante, on put la voir parcourir la ville, Rosalba à ses côtés. Rosalba portait un grand panier rempli de pierres et, chaque fois qu'elles rencontraient un chien, elles s'arrêtaient; Miss Bobbit l'examinait soigneusement; parfois elle secouait la tête, mais le plus souvent elle disait :

— Oui, c'en est un, et sœur Rosalba, avec une adresse féroce, saisissait une pierre dans le panier et frappait le chien entre les yeux.

L'autre histoire concerne Mr. Henderson. Il a une chambre sur la cour chez Mrs. Sawyers, c'est une sorte de nabot pas commode qui fut autrefois un prospecteur de pétrole à la manque dans l'Oklahoma. Il a près de soixante-dix ans et, comme beaucoup de vieillards, est obsédé par les fonctions corporelles. En plus de ça, c'est un ivrogne invétéré. Une fois, il n'a pas dessoûlé de deux semaines. Chaque fois qu'il entendait Rosalba et Miss Bobbit se déplacer dans la maison, il se ruait sur le palier et, du faîte de l'escalier, braillait à Mrs. Sawyers qu'il y avait des lutins dans les murs, qui essayaient de lui voler son papier hygiénique.

— Ils m'en ont déjà volé pour quinze *cents*, affirmait-il.

Un soir, les deux filles étaient assises sous un arbre dans la cour. Mr. Henderson, vêtu d'une chemise de nuit pour tout appareil, leur bondit dessus :

— Ah, vous volez mon papier hygiénique, je vais vous apprendre, lutins, braillait-il. Faut que quelqu'un vienne à mon aide, sans ça, ces démons en jupon sont capables de s'emparer de la moindre feuille qui se trouve dans cette ville.

Ce furent Billy Bob et Preacher Star qui saisirent et continrent Mr. Henderson, jusqu'à ce que des adultes vinssent le ligoter. Miss Bobbit, qui avait gardé un calme admirable, dit aux hommes qu'ils ne savaient pas faire un nœud, et entreprit de s'en charger. Elle fit de si bonne besogne, que la circulation de Mr. Henderson fut arrêtée dans ses mains et ses pieds et qu'il lui fallut un mois avant de pouvoir remarcher.

Ce fut peu après que Miss Bobbit nous rendit visite. Elle vint un dimanche et j'étais seul à la maison, le reste de la famille étant allé au culte.

— Il est si difficile de supporter les odeurs, à l'église, dit-elle en se penchant en avant, les mains jointes d'une manière affectée : Je ne voudrais pas que vous croyiez que je suis une mécréante, Mr. C., j'ai assez d'expérience pour savoir qu'il y a un dieu et un diable, mais le moyen d'avoir prise sur le diable n'est pas d'aller à l'église pour entendre expliquer qu'il est un misérable gredin, prêt à tout. — Non, il faut aimer le diable comme on aime Jésus parce qu'il est puissant et vous rendra service s'il sait que vous avez confiance en lui. Il m'a souvent rendu service, en particulier à l'école de danse de Memphis; j'invoquais toujours le diable pour qu'il m'aide à obtenir le rôle le plus important dans notre spectacle annuel. Vous comprenez, je savais que Jésus ne voudrait rien savoir d'une histoire de danse. D'ailleurs à la vérité, j'ai invoqué le diable tout récemment encore. Il est le seul qui puisse me sortir de cette ville, non pas que je vive ici pour de bon, ce n'est pas ce que je veux dire, je pense toujours à quelque autre endroit, un endroit où tout n'est que danse, comme des gens qui dansent dans la rue, où tout est joli, tels des enfants, au jour de leur anniversaire... Mon cher papa dit que je vis dans les nuages, mais s'il avait vécu davantage dans les nuages lui-même, il serait aussi riche qu'il voulait l'être. L'ennui, avec papa, c'est qu'il n'aimait pas le diable, mais se laissait aimer par lui. Je me débrouille très bien moi, à cet égard. Je sais que faire : ce qui se rapproche le plus du meilleur est encore ce qu'il y a de mieux. Venir ici était la chose la plus proche de l'idéal, et puisque je ne puis poursuivre ma carrière, ce qu'il y a de mieux à faire pour moi est de me consacrer à une petite affaire secondaire. C'est ce que j'ai fait. Je suis le seul agent accrédité de ce comté à prendre les abonnements pour une liste impressionnante de revues, comprenant le *Reader's Digest, Popular Mechanics, Dime Detective et Child's Life*. Naturellement, Mr. C., je ne suis pas venue pour vous vendre quelque chose, mais il m'est venu une idée : ces deux garçons qu'on voit continuellement traîner par ici, j'ai réfléchi que ce sont des hommes, après tout. Croyez-vous qu'ils pourraient faire une paire d'aides présentables ?

Billy Bob et Preacher Star travaillèrent dur pour

Miss Bobbit et pour sœur Rosalba. Sœur Rosalba représentait une marque de cosmétiques appelée *La Goutte de Rosée* et ça faisait partie du travail des garçons d'aller livrer leurs commandes aux clients. Billy Bob revenait si fatigué le soir, qu'il avait à peine la force de manger son dîner. Tante El disait que c'était honteux et malheureux de voir ça, de sorte que, quand Billy Bob attrapa un jour le « coup de bambou », elle dit : Cette fois ça y est, c'est décidé, Billy Bob devrait abandonner Miss Bobbit; mais Billy Bob se mit à l'injurier, jusqu'à ce que son père l'enfermât à clé dans sa chambre. Là-dessus il déclara qu'il allait se tuer. Un cuisinier que nous avions eu lui avait dit un jour que, si vous avaliez une platée de choux enduits de mélasse, cela vous tuerait aussi sûrement qu'une balle. C'est ce qu'il fit donc.

— Je vais mourir, disait-il en se tordant et se roulant sur son lit, je vais mourir et personne ne s'en soucie.

Miss Bobbit arriva et lui dit de se taire.

— Vous n'avez rien de grave, mon cher, vous souffrez tout au plus de brûlures d'estomac.

Puis elle fit quelque chose qui choqua tante El, elle rabattit les couvertures de Billy Bob et le frotta à l'alcool des pieds à la tête. Quand tante El lui déclara que ce n'était pas une chose très convenable à faire pour une petite fille, elle répondit qu'elle ne savait pas si c'était convenable ou non, mais que c'était certainement très soulageant. — Après cela, tante El fit tout son possible pour empêcher Billy Bob de retourner travailler pour elle, mais le papa déclara qu'il fallait le laisser tranquille, qu'ils devaient permettre au garçon d'organiser sa vie à sa guise.

Miss Bobbit était très honnête en matière d'argent. Elle payait intégralement à Billy Bob et Preacher Star le montant de leurs commissions et ne se laissait jamais inviter par eux au drugstore ou au cinéma :

— Vous feriez mieux de faire des économies, leur disait-elle, du moins si vous voulez faire des études, car aucun de vous n'est assez intelligent pour obtenir une bourse, même pas une bourse de joueur de football.

Mais c'est à propos d'argent que Billy Bob et Preacher Star eurent une sérieuse querelle. Ce n'était naturellement pas la vraie raison. La raison véritable, c'est qu'ils étaient devenus terriblement jaloux l'un de l'autre au sujet de Miss Bobbit. Donc, un jour, et il eut le fiel de le faire en présence de Billy Bob, Preacher dit à Miss Bobbit qu'elle ferait bien de vérifier soigneusement ses comptes, parce qu'il était presque sûr que Billy Bob ne lui remettait pas *tout* l'argent qu'il ramassait.

— C'est un mensonge abominable, dit Billy Bob, et d'un solide crochet du gauche, il fit tomber Preacher Star du perron des Sawyers et le poursuivit d'un bond en plein dans une plate-bande de capucines, mais dès que Preacher Star se fut saisi de lui, Billy Bob n'eut plus la moindre chance. Preacher lui frotta même les yeux avec de la terre. Pendant ce temps, Mrs. Sawyers, penchée à l'une des fenêtres du haut, poussait des cris d'orfraie, et sœur Rosalba, avec la jovialité de l'embonpoint, criait, non sans ambiguïté :

— Tue-le ! Tue-le !

Il n'y eut que Miss Bobbit pour garder son sang-froid. Elle brancha le tuyau d'arrosage de la pelouse, et administra aux deux garçons une douche à bout portant qui les aveugla. Preacher se remit debout en vacillant.

— Oh, chérie, dit-il, il faut que tu te décides.

— A quel sujet? s'enquit Miss Bobbit d'une voix courroucée.

— Oh, chérie, susurra Preacher, tu veux pas que nous nous entre-tuions. Il faut que tu décides de qui tu es réellement amoureuse.

— Amoureuse, mon œil! dit Miss Bobbit. J'aurais dû être assez sage pour ne pas me compromettre avec une bande de petits campagnards. Si c'est comme ça que vous comprenez les affaires! Et puis, écoutez un peu, Preacher Star, je n'ai pas besoin d'amoureux et si j'en voulais un, ça ne serait pas vous. En vérité vous ne savez même pas vous lever quand une dame entre!

Preacher cracha par terre et se tourna vers Billy Bob d'un air fanfaron :

— Tu vois, mon vieux, dit-il, comme si rien ne s'était passé, elle a un cœur de pierre et elle ne veut rien d'autre que faire fâcher deux bons amis.

On put croire un moment que Billy Bob allait consentir à renouer avec lui une amitié sans nuages, mais tout à coup, reprenant conscience, il recula et fit un geste. Les deux garçons se fixèrent pendant une bonne minute. Toute l'intimité qui existait entre eux se chargea des plus vilaines couleurs. Vous ne pouvez haïr si fort les gens que si vous les aimez aussi. Tout cela se peignit sur le visage de Preacher Star, mais il ne lui restait rien d'autre à faire qu'à s'en aller. Et c'est vrai, Preacher, que tu paraissais si perdu ce jour-là, que pour la première fois j'ai ressenti de l'affection pour toi, si maigre et misérable dans ton désarroi, cheminant solitaire sur la route... Ils ne se réconcilièrent pas, Billy Bob et Preacher Star. Ce n'était pas faute de le vouloir, mais simplement qu'il n'y avait aucun moyen facile de renouer leur amitié. Mais aucun des deux ne put s'en libérer. L'un savait toujours ce que l'autre était en train de faire, et quand Preacher Star se trouva un nouveau copain, Billy Bob se mit à tourner en rond pendant des jours entiers, broyant du noir, s'emparant de quelque chose, puis le rejetant, ou bien se livrant aux actes les plus extravagants, comme de fourrer son doigt exprès dans le ventilateur électrique. Parfois, le soir, Preacher Star s'arrêtait devant la barrière et parlait à tante El; c'était uniquement pour tourmenter Billy Bob, je suppose. Pourtant il continua de se montrer très aimable pour nous tous et à Noël il nous donna une grande boîte de cacahuètes épluchées. Il fit aussi un cadeau à Billy Bob. C'était un livre de Sherlock Holmes et, sur la page de garde, il avait griffonné : « L'amitié, tel le lierre des murs, périt un jour, c'est sûr ! »

— C'est bien le truc le plus stupide que j'aie jamais lu, dit Billy Bob. Bon Dieu, quel cinglé !

Mais ensuite et bien que ce fût un jour d'hiver et qu'il fît froid, il alla dans l'arrière-cour et grimpa au faîte du noyer et tout l'après-midi demeura blotti dans les branches que baignait la lumière bleue de décembre.

Mais le plus souvent il était heureux parce que Miss Bobbit était là et qu'elle se montrait toujours gentille pour lui maintenant. Elle et sœur Rosalba le traitaient en homme, c'est-à-dire qu'elles lui permettaient de tout faire à leur place. Par ailleurs, elles le laissaient gagner au bridge à trois, ne mettaient jamais en doute ses mensonges ni ne décourageaient ses ambitions. Ce fut une période heureuse, mais les ennuis reprirent à la rentrée des classes. Miss Bobbit refusa d'aller à l'école.

— C'est ridicule, dit-elle un jour au directeur d'école, Mr. Copland, qui était venu voir ce qui se passait. C'est simplement ridicule, je sais lire et écrire et il y a un certain nombre de personnes dans cette ville qui ont toutes les raisons de croire que je sais compter. Non, Mr. Copland, réfléchissez une minute et vous verrez que ni l'un ni l'autre n'avons le temps et le courage nécessaires. Après tout, cela reviendrait juste à savoir qui y renoncerait le premier, de vous ou de moi. D'ailleurs, qu'est-ce que vous pourriez m'apprendre? Si vous connaissiez quelque chose à la danse, ce serait une autre affaire, mais, étant donné les circonstances, je suggère qu'il vaut mieux n'y plus penser.

Mr. Copland y consentit volontiers, mais le reste de la population pensait qu'elle méritait le fouet. Horace Deasley écrivit dans le journal un article intitulé *Une Situation Tragique*. La situation était tragique, à son avis, lorsqu'une petite fille pouvait bafouer ce qu'il lui plaisait d'appeler la « Constitution des États-Unis ». L'article se terminait par une question : « S'en tirera-t-elle à ce compte? » C'est ce qu'elle fit, ainsi que sœur Rosalba; seulement cette dernière était une négrillonne et personne ne s'en souciait. Billy Bob n'eut pas cette chance. Il lui fallut aller à l'école pour de bon, mais il aurait mieux fait de rester chez lui, pour le profit qu'il en tirait ! Il eut trois zéros à son premier bulletin, ce qui constitue une sorte de record. Mais il n'est pas bête et je compris qu'il ne pouvait simplement pas supporter ces heures qu'il fallait passer sans Miss Bobbit. Loin d'elle, il paraissait à moitié endormi. Il se battait continuellement, par ailleurs : ou bien il avait un œil au beurre noir, ou la lèvre fendue, ou bien il boitait en marchant. Il ne se vantait jamais de ces bagarres, mais Miss Bobbit était assez fine pour en deviner la cause.

— Vous êtes très gentil, je sais, je sais, j'ai de l'estime pour vous, Billy Bob, seulement je vous demande de ne pas vous battre à cause de moi. Naturellement, les gens disent des méchancetés sur mon compte, mais savez-vous pourquoi ils le font, Billy Bob ? C'est une sorte de compliment, c'est parce que, au fond d'eux-mêmes, ils me trouvent absolument étonnante.

Elle avait raison, on ne prendra la peine de vous critiquer que si l'on vous admire d'abord. En fait, nous ne réalisâmes pleinement quelle fille étonnante elle était qu'à l'arrivée de cet homme connu sous le nom de Manny Fox. Il se manifesta d'abord sous la forme d'une série de placards aguichants, affichés dans tous les magasins de la ville : *Manny Fox présente la Danseuse à l'Éventail sans Éventail* et dessous, en plus petits caractères : *Programme d'amateurs sensationnel, avec pour vedettes vos propres voisins ; Premier prix : Droit à une authentique épreuve d'admission à Hollywood*. Et tout cela devait avoir lieu le jeudi suivant. Les billets étaient vendus un dollar, ce qui représente beaucoup d'argent pour ici, mais ce n'est pas souvent que nous avons quelque chose du genre spectacle de nu, aussi chacun se fendit de son argent et mena grand bruit autour de l'événement. Les petits gommeux du coin firent des plaisanteries obscènes toute la semaine, qui tournaient toutes autour de cette danseuse à l'éventail sans éventail, laquelle se révéla être la femme de Manny Fox. Ils s'étaient installés au camp de touristes de Chucklewood, sur la grande route, mais ils étaient tous les jours en ville, passant et repassant dans la vieille Packard sur chaque porte de laquelle était peint en toutes lettres le nom de Manny Fox. Sa femme était une actrice rousse au langage poissard, avec des lèvres humides et des paupières mouillées. A dire vrai, elle était plutôt grosse, mais en face de Manny, elle semblait assez frêle, car il avait l'embonpoint d'une barrique.

Ils établirent leur quartier général à la salle de billard et tous les après-midi, on pouvait les voir attablés et discutant gaiement avec tous les fainéants de la ville. Il apparut bientôt que les activités de Manny Fox ne se limitaient pas au seul théâtre. Il dirigeait aussi une sorte de bureau de placement, et fit savoir petit à petit que, moyennant une somme de cent cinquante dollars, il se chargeait de trouver pour les garçons entreprenants du pays des places de premier choix sur les bateaux faisant le transport de fruits entre La Nouvelle-Orléans et l'Amérique du Sud. Ordinairement on ne trouverait pas deux garçons par ici avec ne serait-ce que cinq dollars en poche; pourtant il y en eut une bonne douzaine qui réussirent à trouver l'argent. Ada Wellington réunit tout ce qu'elle avait économisé pour acheter à son mari un monument funéraire orné d'un ange, et le donna à son fils; quant au papa d'Acey Trump, il hypothéqua sa récolte de coton.

Mais vint le soir du spectacle! Ce fut un soir qui fit tout oublier, les hypothèques, la vaisselle sur l'évier de la cuisine. Tante El remarqua : « Ne dirait-on pas qu'on va aller à l'Opéra? », tant chacun avait soigné sa tenue, était reluisant et parfumé! La salle n'avait pas été si pleine depuis le soir où on avait attribué le service de table en argent véritable. Presque tout le monde avait un parent qui jouait dans la revue, c'est pourquoi il fallait réprimer pas mal de nervosité. Miss Bobbit était la seule concurrente que nous connaissions vraiment bien. Billy Bob ne pouvait rester assis tranquille, il ne cessait de nous répéter que nous ne devions applaudir personne d'autre que Miss Bobbit; tante El dit que ce serait extrêmement mal élevé, ce qui mit Billy Bob dans tous ses états une fois de plus, et, quand son père nous acheta des sacs de maïs grillé, il ne voulut pas y toucher de peur de se poisser les mains et, nous dit-il, autre chose, il nous serait reconnaissant de ne pas faire de bruit en mangeant notre maïs pendant que Miss Bobbit serait sur scène. L'annonce de sa participation au spectacle avait été une surprise de dernière minute. C'était assez logique et il y avait eu des indices qui auraient dû nous renseigner, le fait, par exemple, qu'elle n'avait pas quitté la maison Sawyers depuis je ne sais combien de jours. Et le gramophone qui marchait la moitié de la nuit, tandis qu'on apercevait sa silhouette tournoyante à travers le store, sans compter l'air mystérieux et figé que prenait sœur Rosalba, quand on lui demandait des nouvelles de Miss Bobbit. Donc, son nom figurait sur le programme, le second de la liste en fait, bien qu'elle n'apparût pas avant un long moment. Manny Fox vint d'abord, débordant de graisse, un sourire paillard aux lèvres. Il raconta une suite d'histoires grivoises, en battant des mains et s'ébaudissant à grand bruit. Tante El déclara que s'il racontait encore une histoire comme ça, elle quitterait la salle. C'est ce qu'il fit, mais elle ne bougea pas. Avant que ce fût le tour de Miss Bobbit onze concurrents défilèrent, entre autre Eustacia Bernstein qui imitait les vedettes, mais leur donnait à toutes sa propre voix. Puis il y eut un vieux aux oreilles en anses de cruche, coiffé d'un bonnet de laine, qui venait du fin fond de la campagne et qui joua *Valsez, Matilda* sur une scie musicale. Ce fut le clou de cette première partie du spectacle; non pas d'ailleurs qu'il y eut une différence marquée dans la manière dont le public accueillait les différents numéros. Tout le monde applaudissait généreusement, — tout le monde à l'exception de Preacher Star. Il était assis deux rangées devant nous et accueillait chaque numéro avec une sorte de braiment sonore de mépris. Tante El dit qu'elle ne lui parlerait jamais plus; la seule personne qu'il daigna applaudir fut Miss Bobbit. Certainement le diable était avec elle, mais elle le méritait. Elle surgit, ondulant des hanches, faisant voler ses boucles et rouler ses yeux. On pouvait déjà deviner que ça n'allait pas être un de ses numéros ordinaires. Elle traversa la scène en battant du pied et relevant délicatement le bord de sa jupe d'un bleu vaporeux.

— Jamais vu quelque chose d'aussi sensationnel! dit Billy Bob en se frappant la cuisse, et tante El dut convenir que Miss Bobbit était vraiment très mignonne. Quand elle commença à tourner, le public tout entier éclata spontanément en applaudissements. Aussi recommença-t-elle le tout en enjoignant d'une voix sifflante « Plus vite! plus vite! » à la pauvre Adelaïde qui donnait au piano le meilleur échantillon de ce qu'elle avait appris à l'école du dimanche.

— *Je suis née en Chine et j'ai été élevée au Ja-a-pon.*

Nous ne l'avions jamais entendue chanter. Elle avait une voix sonore et crissante comme du papier de verre.

— *Si vous n'aimez pas mes pêches, ne restez pas devant mon panier, oh! oh! oh!...*

Tante El en eut le souffle coupé, et elle l'eut encore bien plus quand Miss Bobbit, d'une secousse, releva sa jupe et exhiba des dessous de dentelle bleue, ce qui lui valut les sifflets enthousiastes que les garçons réservaient pour la danseuse sans éventail, ce qui fut d'ailleurs aussi bien, comme on s'en aperçut plus tard; car cette personne, au son de l'air *An appel for the teacher* et s'accompagnant de *ohé! ohé!* accomplit son numéro habituel... en maillot de bain. Mais montrer son derrière ne fut pas le triomphe final de Miss Bobbit. Miss Adelaïde entama dans les notes graves une sorte de bruit de tonnerre menaçant et à ce signal, sœur Rosalba, portant une chandelle romaine allumée, se rua sur la scène et la tendit à Miss Bobbit qui était en train de faire le grand écart. Elle le fit donc et juste au moment où elle l'accomplissait, la chandelle éclata en gerbes incandescentes rouges, blanches et bleues et nous dûmes nous lever parce qu'elle avait entonné le *Star Span-*

gled Banner de toute la force de ses poumons. Tante El devait nous confier par la suite que ç'avait été un des spectacles les plus magnifiques qu'il lui ait été donné de voir sur une scène américaine.

Incontestablement, Miss Bobbit avait bien mérité son test à Hollywood et, comme, par ailleurs, elle avait gagné le concours, on pouvait penser qu'elle l'obtiendrait. Manny Fox l'en avait assurée :

— Ma petite, lui avait-il dit, vous avez l'étoffe d'une vraie star.

Seulement, il s'esquiva de la ville le lendemain, ne laissant rien d'autre que de cordiales promesses.

— Surveillez le courrier, mes amis, vous aurez tous bientôt de mes nouvelles, ce fut ce qu'il dit aux garçons dont il avait pris l'argent et également à Miss Bobbit.

Il y a trois distributions par jour et ce groupe important se retrouvait au bureau de poste, troupe joyeuse qui perdit peu à peu son entrain. Comme leurs mains tremblaient, quand une lettre était glissée dans leur boîte ! Un silence terrible s'abattit sur eux à mesure que les jours passaient, chacun savait ce que les autres pensaient, mais ne pouvait se décider à l'exprimer à haute voix, pas même Miss Bobbit ; Mrs. Patterson, la postière, ne mâcha pas ses mots, elle :

— Cet homme est un escroc, déclara-t-elle, je l'ai su dès le début, et si je dois contempler la tête que vous faites un jour de plus, je me flanque à l'eau !

Finalement, au bout de deux semaines, ce fut Miss Bobbit qui rompit le charme. Ses yeux s'étaient éteints, à un point que personne n'aurait jamais pu supposer. Mais un jour, après la dernière distribution, elle retrouva son entrain coutumier.

— Eh bien, mes amis, c'est la loi de Lynch maintenant! dit-elle, et elle dirigea sans plus attendre la troupe entière jusque chez elle. Ce fut la première réunion du « Club pour la pendaison de Manny Fox », organisation qui subsiste encore à ce jour sous une forme plus sociable, bien que Manny Fox ait été arrêté depuis longtemps et « pendu », pour ainsi dire. C'est à Miss Bobbit qu'il en faut attribuer tout le mérite. En une semaine, elle établit trois cents exemplaires du signalement de Manny Fox et les expédia à tous les shérifs du Sud. Elle écrivit aussi aux journaux des villes les plus importantes, ce qui suscita un vaste intérêt pour l'affaire. A la suite de cela, quatre des jeunes gens escroqués se virent offrir des postes bien payés par la *United Fruit Company* et à la fin du printemps, quand Manny Fox fut arrêté à Uphigh, Arkansas, où il était en train de refaire le même coup, l'Association des Jeunes filles américaines « Sunbeam[1] » attribua à Miss Bobbit un de ses prix « Pour la récompense d'une bonne action ». Mais, curieusement, elle eut à cœur de faire savoir que ce prix ne l'enchantait guère.

— Cette association ne me plaît pas, déclara-t-elle. Cette manie bruyante qu'elles ont de tout claironner, ce n'est ni vraiment généreux ni guère féminin. D'ailleurs, qu'est-ce qu'une bonne action? Ne soyons pas dupes. C'est quelque chose que vous faites pour obtenir autre chose en contrepartie.

Il serait réconfortant de dire qu'elle se trompait et que sa juste récompense, quand elle l'obtint enfin, ce fut à la bonté et à l'amour qu'elle la dut; mais ce ne

1. Le rayon de soleil.

fut pas le cas, cependant. Il y a une semaine environ, tous les jeunes gens victimes de l'escroquerie reçurent des chèques de Manny Fox les remboursant de l'argent perdu et, Miss Bobbit, décidée à agir sans ménagements, fit son entrée à une réunion du club, qui sert maintenant d'excuse pour boire de la bière et jouer au poker, le samedi soir.

— Mes amis, déclara-t-elle, allant droit au fait, aucun d'entre vous n'a jamais espéré récupérer cet argent. Maintenant que vous l'avez, vous devriez l'investir dans quelque chose de sûr : ma personne, par exemple.

Et elle leur proposa de mettre leur argent en commun et de financer son voyage à Hollywood. En retour, ils recevraient dix pour cent de ses gains, ce qui, dès qu'elle serait devenue une star (et cela ne demanderait pas longtemps), les rendrait tous riches, du moins, ainsi qu'elle le dit, pour cette partie du pays. Personne ne voulait le faire, mais quand Miss Bobbit vous regardait, que pouvait-on dire ?

Depuis lundi, il fait un temps pluvieux : légères averses d'été traversées de soleil, mais les nuits sont sombres et toutes bruissantes de feuilles qui s'égouttent, de chansons de l'eau, de remuements de bêtes éveillées. Billy Bob ne peut dormir, ses yeux sont secs ; tout ce qu'il entreprend a une saveur amère et sa langue est aussi raide qu'un battant de cloche. Ç'a été dur pour lui, ce départ de Miss Bobbit. A ses yeux, elle signifiait bien autre chose ; — autre chose que quoi ? Que d'avoir treize ans et d'être amoureux fou. Elle représentait les choses les plus singulières en lui, le noyer par exemple, et son amour des livres, et cette tendresse qu'il vouait aux êtres, même s'ils devaient le blesser. Elle incarnait toutes les choses qu'il avait peur de laisser voir à quiconque. Et, dans l'obscurité, la musique filtrait à travers la pluie. N'y aura-t-il point de nuits où nous l'entendrons comme si elle était réellement présente ? D'après-midi où, parmi les ombres soudain troublées, Miss Bobbit apparaîtra devant nous, se déployant comme un joli morceau de ruban ? Elle était tout sourires pour Billy Bob, elle lui prenait la main, elle l'embrassait même.

— Je ne vais pas mourir, lui disait-elle. Vous viendrez là-bas, nous escaladerons une montagne et nous vivrons tous les trois ensemble vous, moi, et sœur Rosalba.

Mais Billy Bob savait qu'il n'en serait jamais ainsi et c'est pourquoi quand la musique, la nuit, arrivait jusqu'à lui, il fourrait sa tête sous son oreiller.

La journée d'hier toutefois, fut auréolée d'une sorte de grâce étrange. C'était le jour du départ. Vers midi, le soleil se montra, répandant avec lui dans l'air tout le parfum des glycines. Les roses « Lady Anne » de tante El venaient de refleurir et elle fit une chose merveilleuse : elle dit à Billy Bob qu'il pouvait les cueillir et les offrir à Miss Bobbit pour son départ. Tout l'après-midi, Miss Bobbit fut sur le perron entourée de gens qui s'arrêtaient pour lui dire adieu. On aurait dit qu'elle s'apprêtait à aller à la communion, tout de blanc vêtue, avec une ombrelle blanche. Sœur Rosalba lui avait donné un mouchoir, mais elle dut le lui redemander, parce qu'elle ne pouvait s'arrêter de sangloter. Une autre petite fille apporta un poulet cuit, pour manger dans l'autobus, sans doute. Le seul ennui, c'est qu'elle avait oublié de le vider avant de le faire cuire. La mère de Miss Bobbit dit que ça ne lui faisait rien, du poulet était toujours du poulet, — ce qui est mémorable, car c'est la seule opinion qu'elle ait jamais exprimée. Il n'y eut qu'une note discordante : Preacher Star demeurait depuis des heures à aller et venir au coin de la rue, tantôt jouant à pile ou face, tantôt se cachant derrière un arbre, comme s'il voulait n'être vu de personne. Cela rendit tout le monde nerveux. Vingt minutes avant l'heure de l'autobus, il monta lentement la rue et vint se pencher contre notre grille. Billy Bob était encore dans le jardin à cueillir les roses. Il en avait assez maintenant pour une gerbe de feu de joie, et leur parfum envahissait tout comme une vague. Preacher Star le fixa jusqu'à ce qu'il levât la tête. Pendant qu'ils se regardaient, la pluie se remit à tomber, fine comme de l'embrun et colorée par un arc-en-ciel. Sans un mot, Preacher Star s'avança et aida Billy Bob à répartir les roses en deux énormes bouquets. Ensemble ils les apportèrent jusqu'au bord du trottoir. De l'autre côté de la rue, il y avait un bourdonnement de voix. Mais quand Miss Bobbit les aperçut, ces deux garçons dont les visages apparaissaient derrière les fleurs comme de pâles lunes, elle descendit les marches en courant, les bras tendus. On pouvait prévoir ce qui allait arriver. Nous criâmes, nos voix perçant la pluie comme des éclairs, mais Miss Bobbit, courant vers ces lunes de roses, ne parut pas nous entendre. Et c'est alors que l'autobus de six heures l'écrasa.

(Traduit par S. Doubrovsky.)

UNE DERNIÈRE PORTE EST CLOSE

1

— Écoutez, Walter, si personne ne vous aime, si tout le monde est contre vous, ne croyez pas que ce soit sans raison : tout ce qui vous arrive, c'est vous qui le cherchez.

Voilà ce que lui avait dit Anna, et, bien que la partie la plus saine de lui-même lui eût dit qu'elle n'y entendait point malice (si Anna n'était pas une amie, alors qui l'était ?), il lui en avait voulu à mort et il s'était mis à raconter à tout le monde qu'il détestait Anna, que c'était une garce : Anna ! ne vous fiez pas à cette femme ; avec ses airs de dire toujours la vérité — pas autre chose qu'un moyen pour cacher ses haines rentrées ; et pour ce qui est de mentir, alors celle-là ! On ne peut pas croire un mot de ce qu'elle dit. Dangereuse ? Ah, bon Dieu ! Et naturellement tout ce qu'il disait revenait aux oreilles d'Anna, si bien que le jour où il lui téléphona pour l'emmener à la première à laquelle ils avaient projeté d'assister ensemble, elle lui dit :

— Je regrette, Walter, mais je ne puis vraiment plus vous fréquenter. Je vous comprends fort bien et j'ai une certaine sympathie pour vous. Votre méchanceté vous entraîne et ce n'est pas entièrement de votre faute, mais je ne veux plus vous revoir, je ne suis pas tellement d'aplomb moi-même, ce serait au-dessus de mes forces.

Mais pourquoi? Qu'avait-il fait? Oh! naturellement, il avait potiné un peu à son sujet, mais il n'en pensait pas un mot, et après tout, comme il l'avait expliqué à Jimmy Bergmann (ah! comme homme à deux faces, celui-là, on ne faisait pas mieux), à quoi bon avoir des amis si on ne peut pas en discuter librement?

Il a dit que vous aviez dit, ils ont dit que nous avions dit..., ainsi tournent les racontars comme tournent au plafond les lames incurvées du ventilateur; tour après tour, brassant l'air confiné, avec un tic-tac de montre, comptant les secondes au milieu du silence. Walter se déplaça vers une partie plus fraîche du lit et ferma les yeux pour ne plus voir la petite chambre sombre. Il était arrivé à La Nouvelle-Orléans ce soir-là à sept heures, et à sept heures et demie il s'était installé dans cet hôtel dans une rue écartée et sans nom. On était au mois d'août. On aurait dit que des feux de joie brûlaient dans la nuit rouge. Dans son effort d'oublier tout le reste, il repassait dans son esprit le voyage irréel du sud qu'il avait soigneusement observé par la portière du train, et il n'en avait que plus fermement l'impression d'être arrivé au bout, à l'endroit où il ne reste plus que la culbute.

Mais il n'aurait pas su dire pourquoi il se trouvait

ici, dans cet hôtel étouffant d'une ville lointaine. Il y avait une fenêtre dans sa chambre, mais il n'avait pas pu l'ouvrir et il avait peur d'appeler le garçon (quels yeux étranges avait ce petit chasseur !) et il avait peur de quitter l'hôtel. S'il allait se perdre, s'égarer seulement, ce serait la perte totale. Il avait faim ; il n'avait rien pris depuis son petit déjeuner. Il trouva quelques biscuits au beurre de cacahuètes qu'il avait achetés à Saratoga et but un doigt de whisky pour les faire couler. Mais aussitôt, pris de nausée, il vomit dans la corbeille à papier et, s'effondrant sur le lit, inonda son oreiller de larmes. Au bout d'un moment, calmé, il resta là frissonnant dans la chambre torride et il suivit des yeux le ventilateur qui tournait lentement, d'un mouvement sans commencement ni fin : une circonférence.

Un œil, la terre, les cercles de l'aubier, tout est circonférence, et toutes les circonférences, dit Walter, ont un centre. Anna était folle de prétendre que ce qui lui arrivait était de sa faute. S'il y avait vraiment quelque chose de défectueux en lui, c'était par suite de circonstances auxquelles il ne pouvait rien, par exemple sa mère confite en dévotion ou son père, agent d'assurances à Hartford, ou sa sœur aînée, Cécile, qui avait épousé un homme de quarante ans plus âgé qu'elle « uniquement pour quitter la maison », avait-elle dit pour s'excuser, et à dire vrai, Walter avait trouvé cela fort raisonnable.

Mais quand il entreprenait de penser à lui-même, il ne savait pas par où commencer, il ne savait où se trouvait le centre. Le premier coup de téléphone ? Non, il y avait trois jours de cela, et, à proprement parler, c'était la fin et non le commencement.

Voyons, il pourrait peut-être remonter à Irving, car Irving était la première personne avec qui il s'était lié à New York.

Irving était un gentil petit Juif qui jouait très bien aux échecs, mais c'était à peu près son seul talent. Il avait des cheveux soyeux, des joues roses de bébé, et on lui aurait donné seize ans : en réalité il en avait vingt-trois, l'âge de Walter, et ils s'étaient rencontrés dans un bar de Greenwich Village. Walter était seul et se sentait très isolé à New York, aussi quand ce gentil petit Irving lui témoigna de l'amitié, il pensa que ce serait peut-être une bonne chose si, de son côté, il lui en témoignait aussi — on ne sait jamais, n'est-ce pas ? Irving avait de nombreuses relations et tout le monde l'aimait beaucoup, et il présenta Walter à tous ses amis.

Et puis il y avait aussi Margaret. Margaret était plus ou moins l'amie d'Irving. Elle n'était pas jolie, jolie (elle avait des yeux en boule de loto, des dents toujours tachées d'un peu de rouge et elle s'habillait comme une petite fille de dix ans), mais elle avait une vivacité hectique que Walter trouvait charmante. Il ne pouvait pas comprendre pourquoi elle se laissait faire la cour par Irving.

— Pourquoi cela? lui demanda-t-il pendant une de ces longues promenades qu'ils s'étaient mis à faire dans Central Park.

— Irving est gentil, dit-elle, et il m'aime très purement, et après tout, pourquoi ne l'épouserais-je pas?

— Ce serait parfaitement idiot, dit-il, Irving ne pourrait jamais être votre mari, parce que, en réalité, c'est votre petit frère. Irving est le petit frère de tout le monde.

Margaret était trop intelligente pour ne pas voir combien cela était vrai. Aussi, un jour, comme Walter lui demandait si elle consentirait à se laisser aimer, elle dit qu'elle n'y verrait aucun inconvénient. Ils firent souvent l'amour après ça.

Or il arriva qu'Irving eut vent de l'affaire, et un lundi il y eut une affreuse scène, chose curieuse, dans le même bar où Walter et lui s'étaient rencontrés. Ce soir-là, il y avait eu une réception en l'honneur de Kurt Kuhnhardt (Publicité Kuhnhardt), le patron de Margaret. Elle y était allée avec Walter et au retour ils s'étaient arrêtés dans ce bar pour prendre quelque chose avant de rentrer se coucher. Il n'y avait personne à l'exception d'Irving et de deux femmes en pantalon. Irving était assis au bar, les joues très roses, les yeux légèrement vitreux : on aurait dit un petit garçon jouant à faire l'homme, car, trop courtes pour atteindre la barre d'appui, ses jambes restaient ballantes comme des jambes de poupée. Dès que Margaret l'aperçut, elle tenta de faire demi-tour pour partir, mais Walter s'y opposa. Du reste, Irving les avait vus. Sans les quitter des yeux, il posa son verre de whisky, descendit lentement de son tabouret et s'avança avec un air triste de faux costaud.

— Irving, mon chéri... dit Margaret.

Elle s'arrêta devant le regard terrible qu'il lui lança.

Son menton tremblait :

— Allez-vous-en, dit-il, et on eût dit qu'il accusait quelque tortionnaire de son enfance. Je vous hais.

Puis, comme au ralenti, il se tourna, et du geste d'un homme qui brandit un couteau, il frappa Walter en pleine poitrine. Le coup n'était pas bien méchant, et comme Walter souriait sans rien faire, Irving s'écroula contre un phonographe en hurlant :

— Défends-toi donc, bougre de lâche, et tu verras si je te tue; je te le jure, nom de Dieu.

Et c'est ainsi qu'ils le laissèrent.

En chemin, Margaret se mit à pleurer doucement.

— Il ne sera plus jamais gentil, dit-elle.

Et Walter dit :

— Je ne sais pas ce que tu veux dire.

— Oh! si, tu le sais très bien, répondit-elle dans un murmure, tu le sais parfaitement. Nous venons tous les deux de lui apprendre ce que c'est que la haine. Je crois que jusqu'à aujourd'hui il ne savait pas ce que c'était.

Il y avait maintenant quatre mois que Walter habitait New York. Son capital de cinq cents dollars était tombé à quinze et Margaret lui prêta de quoi payer sa note de janvier au *Brevoort* : elle était curieuse de savoir pourquoi il n'allait pas s'installer dans un hôtel moins cher. Oh! lui avait-il dit, c'est qu'il est toujours préférable d'avoir une bonne adresse. Et une situation? Quand allait-il se mettre à travailler? Comptait-il même le faire? Naturellement, dit-il, naturellement il y pensait souvent. Seulement il ne voulait pas perdre son temps dans un petit emploi de rien : il voulait quelque chose de sérieux, où il y aurait de l'avenir, quelque chose comme la publicité, par exemple. Très bien, dit Margaret, peut-être pourrait-elle l'aider; en tout cas elle en parlerait à son patron, Mr. Kuhnhardt.

2

La K.K.A. comme on l'appelait, était une agence de publicité d'importance moyenne, mais, dans ce genre d'entreprise, très bonne, la meilleure. Kurt Kuhnhardt, qui l'avait fondée en 1925, était un homme curieux avec une curieuse réputation. C'était un Allemand mince, méticuleux, célibataire. Il habitait sur Sutton Place, une élégante maison noire meublée d'une façon très intéressante. On y voyait, entre autres choses, trois Picassos, un superbe gramophone, des masques polynésiens, et un jeune Danois, fort bien bâti, qui lui servait de valet de chambre. De temps à autre, il invitait à dîner celui de ses employés qui se trouvait jouir de ses faveurs, car il avait continuellement des protégés. C'était une position dangereuse, ces alliances étant capricieuses et incertaines. Au lendemain d'un dîner des plus agréables avec son bienfaiteur, le protégé pouvait fort bien se trouver amené à parcourir les petites annonces, à la recherche d'une situation.

Pendant sa deuxième semaine à la K.K.A., Walter, qui avait été nommé assistant de Margaret, reçut un mémorandum de Mr. Kuhnhardt qui l'invitait à déjeuner. Cela naturellement le mit dans une agitation inouïe.

— Rabat-joie ? dit Margaret en lui redressant sa cravate et enlevant un fil de son revers. Mais pas du tout. Seulement voilà, c'est merveilleux de travailler pour Kuhnhardt, tant qu'on ne laisse pas les choses aller trop loin... autrement on risque fort de se trouver sur le pavé, un point, c'est tout.

Walter voyait bien où elle voulait en venir. Il n'était pas dupe une minute. Il eut envie de le lui dire, mais il se retint : ce n'était pas encore le moment. Pourtant un de ces jours il allait bien falloir se débarrasser d'elle, et sans trop tarder. C'était humiliant de travailler sous les ordres de Margaret. Et puis, dorénavant, elle ne chercherait qu'à se mettre en travers de son avancement. Mais personne ne pouvait faire cela, pensa-t-il en plongeant ses regards dans les yeux bleu de mer de Mr. Kuhnhardt, personne ne pouvait empêcher Walter d'avancer.

— Tu es idiot, lui dit Margaret. Bon Dieu, si tu savais combien j'en ai vu de ces petites amitiés de Kuhnhardt, des douzaines. Ça ne signifie absolument rien : pendant un temps, il était tout sourire pour le téléphoniste : tout ce qu'il veut c'est quelqu'un qu'il puisse faire marcher. Crois-moi, Walter, dans ce métier, il n'y a pas de raccourci. Il n'y a qu'une chose qui compte : la façon dont on fait son travail.

Il dit :

— Et aurais-tu à te plaindre par hasard à ce sujet ? Je fais aussi bien qu'on pouvait s'y attendre.

— Cela dépend de ce que tu veux dire par s'y attendre, répondit-elle.

Peu après, un samedi, il lui donna rendez-vous à la gare de Grand Central. Ils devaient aller passer l'après-midi chez les parents de Walter, à Hartford, et pour cette occasion elle s'était acheté une robe neuve, un chapeau et des souliers. Mais il ne vint pas. Il avait préféré aller en auto avec Mr. Kuhnhardt à Long Island où il fut plus impressionné qu'aucune des trois cents personnes invitées par Rosa Cooper, au bal que donnaient ses parents pour son entrée dans le monde. Rosa Cooper (née Kuppermann) était l'héritière des Laiteries Cooper. C'était une enfant brune, potelée, agréable, qui parlait avec un accent britannique affecté, résultat de quatre années à l'école de Miss Jewett. Elle écrivit une lettre à une de ses amies, Anna Stimson, qui plus tard la montra à Walter :

J'ai rencontré le garçon le plus adorable. J'ai dansé six fois avec lui. Il danse comme un dieu. Il travaille dans la publicité. Et il est terriblement, divinement beau. Nous avons déjà arrangé un rendez-vous — dîner et théâtre.

Margaret ne mentionna pas l'épisode et Walter non plus. Ils firent comme s'il ne s'était rien passé, cependant ils cessèrent de se voir, de se parler, sauf pour les questions de service. Un après-midi, sachant qu'elle ne serait pas chez elle, il se rendit à l'appartement et se servit du passe qu'elle lui avait donné il y avait bien longtemps. Il avait laissé quelques affaires, des vêtements, des livres, sa pipe ; tandis qu'il fouillait pour retrouver son bien, il découvrit une photographie de lui barbouillée de rouge à lèvres : cela lui donna subitement l'impression de tomber dans un rêve. Il trouva également le seul cadeau qu'il lui eût jamais fait, un flacon d'*Heure Bleue* non encore débouché. Il s'assit sur le lit et, tout en fumant une cigarette, il caressa de la main l'oreiller frais, se rappelant comment la tête de Margaret avait coutume de s'y poser, se rappelant comment, le dimanche, ils restaient là couchés à lire à haute voix la page comique du journal, Barney Coogle, Dick Tracy et Joe Palooka.

Il regarda l'appareil de T.S.F., une petite boîte verte; ils s'aimaient toujours en musique, n'importe quoi, jazz, symphonies, chœurs. Cela leur servait de signal, et chaque fois qu'elle avait envie qu'il la prît, elle disait : « Chéri, si nous écoutions la radio ? » En tout cas, c'était fini, et il la haïssait, et c'est de cela qu'il tenait à se souvenir. Il retrouva le flacon de parfum et le mit dans sa poche. Rosa aimerait peut-être une surprise.

Le lendemain, au bureau, il s'arrêta près de la fontaine et Margaret était là. Elle lui sourit en le regardant fixement :

— Je ne savais pas que tu étais voleur.

Ce fut la première manifestation d'hostilité entre eux. Et soudain Walter s'aperçut qu'il n'avait pas, dans tout le bureau, un seul allié. Kuhnhardt ? Il ne pourrait jamais se fier à lui. Et tous les autres étaient ses ennemis : Jackson, Einstein, Fischer, Porter, Capehart, Ritter, Villa, Byrd. Oh ! évidemment, ils étaient assez intelligents pour ne pas le lui dire en face tant qu'il jouissait des faveurs de K.K.

Enfin, la haine était du moins quelque chose de positif, et s'il y avait une chose qu'il détestait, c'était les relations mal définies. Cela tenait sans doute à ce que ses propres sentiments étaient toujours imprécis, ambigus : il n'était jamais sûr s'il aimait X... ou non. Il avait besoin de l'amour de X..., mais lui-même était incapable d'aimer. Il ne pouvait jamais être sincère avec X..., il ne pouvait jamais lui dire que cinquante pour cent de la vérité. D'un autre côté, il ne pouvait tolérer les mêmes imperfections chez X... Walter finissait toujours par se considérer comme trahi. Il avait peur de X..., X... le terrifiait. Un jour, quand il était au lycée, il avait plagié un poème et l'avait imprimé dans la petite revue de l'école; il n'avait jamais oublié la dernière ligne : *Tous nos actes sont dictés par la peur.* Et quand le professeur l'avait pris en faute, il avait pensé qu'on ne pouvait rien faire de plus injuste.

3

Au début de l'été, il passa presque toutes ses fins de semaine chez Rosa Cooper, à Long Island. En général, la maison était amplement approvisionnée en joyeux étudiants de Yale et de Princeton, et cela l'irritait beaucoup car c'était le type de jeunes gens qui, à Hartford, lui donnaient des nausées d'envie. Il était exceptionnel qu'il se sentît sur un pied d'égalité avec eux. Quant à Rosa elle-même, elle était délicieuse. Tout le monde le disait, même Walter.

Mais les jeunes personnes délicieuses sont rarement sérieuses, et Rosa ne prenait pas son flirt avec Walter très au sérieux. Il ne s'en inquiétait pas outre mesure. Il put au cours de ces week-ends se faire de belles relations : Taylor Ovington, Joyce Randolph (la jeune étoile de cinéma), E.L. MacEvoy, une bonne douzaine de personnes dont le nom donnait un éclat considérable à son carnet d'adresses. Un soir il alla avec Anna Stimson voir un film où Joyce Randolph était la vedette. A peine étaient-ils assis que tout le monde dans les rangs savait qu'elle était de ses amies, qu'elle buvait plus que de raison, qu'elle était immorale et bien moins jolie qu'Hollywood le laissait croire. Anna lui dit qu'il avait tout d'une petite drôlesse :

— Mon chou, vous n'êtes homme qu'à un seul point de vue, lui dit-elle.

C'est par l'entremise de Rosa qu'il avait rencontré Anna Stimson. Directrice d'un journal de mode, elle mesurait près de six pieds, était toujours vêtue en noir, affectait un monocle, une canne et toute une ferblanterie brimbalante de bijoux mexicains. Elle avait eu deux maris dont l'un était Bick Strong, idole de l'opérette; et elle avait un enfant, un garçon de quatorze ans, qu'on avait dû mettre dans une maison qu'elle appelait « une académie corrective ».

— C'était un enfant effroyable, lui dit-elle. Il aimait tirer des coups de revolver dans la fenêtre, lancer des choses et voler dans les bazars. Un affreux galopin, tout à fait comme vous.

Anna, du reste, était bonne pour lui, et quand elle ne traversait pas une de ses passes de dépression et de méchanceté, elle l'écoutait avec sympathie exposer ses problèmes, analyser le caractère qu'elle lui connaissait : toute sa vie on l'avait trompé, on lui avait donné les mauvaises cartes. Attribuant à Anna tous les vices, sauf la stupidité, il se servait d'elle comme d'un confesseur : de tout ce qu'il aurait pu lui dire, elle n'avait légitimement le droit de rien blâmer. Il lui disait :

— J'ai raconté à Kuhnhardt des tas de mensonges au sujet de Margaret; c'est assez dégoûtant, je suppose, mais elle aurait fait exactement la même chose à mon égard ; et puis, du reste, ce n'est pas pour qu'il la mette à la porte, mais pour qu'il l'envoie peut-être dans nos bureaux de Chicago.

Ou encore :

— J'étais dans une librairie et il y avait un homme avec qui j'ai entamé la conversation. Un type entre deux âges, bien gentil et très intelligent. Quand je suis sorti il m'a suivi, à quelques pas derrière. J'ai traversé la rue, il a traversé la rue ; j'ai pressé le pas, il a pressé le pas. Nous avons descendu comme ça au moins cinq ou six rues et quand j'ai eu compris où il voulait en venir, j'ai été enchanté et il m'est venu à l'idée de me payer un peu sa tête. Alors je me suis arrêté au premier coin et j'ai appelé un taxi ; à ce moment-là, je me suis retourné et j'ai fait de l'œil au type, vous savez une de ces longues œillades. Il s'est approché en vitesse, tout sourires, et j'ai bondi dans le taxi, claqué la portière et, me penchant au-dehors, j'ai éclaté de rire : si vous aviez vu l'expression de son visage, c'était horrible. On aurait dit le Christ. Je ne peux pas l'oublier. Et dites-moi, Anna, qu'est-ce qui m'a fait faire cette chose absurde ? On aurait dit que j'avais voulu me venger ainsi de tous ceux qui m'ont fait du mal, mais il n'y avait pas que cela.

Il racontait ces histoires à Anna, puis il rentrait chez lui, et se couchait. Ses rêves étaient bleu ciel.

Le problème de l'amour l'intéressait surtout parce qu'il estimait que ce n'était pas un problème. Néanmoins il avait conscience que personne ne l'aimait : cette idée était comme un second cœur qui lui battait dans la poitrine. Non, personne, Anna peut-être. Est-ce qu'Anna l'aimait ?

— Oh ! dit Anna, quand est-ce que les choses sont ce qu'elles ont l'air d'être ? Aujourd'hui un têtard, demain une grenouille. Vous vous figurez que c'est de l'or, mais ça vous laisse au doigt un cercle vert. Tenez, mon second mari : ça avait l'air d'un brave type, eh bien ! c'était un salaud comme les autres. Tenez, rien que cette chambre, regardez-la : vous ne pourriez même pas brûler de l'encens dans cette cheminée ; et ces miroirs, ils donnent l'impression de l'espace, ils mentent. Rien, Walter, ne correspond aux apparences. Les arbres de Noël sont faits en cellophane et la neige est de la raclure de savon. A l'intérieur de chacun de nous il y a quelque chose qui vole et s'appelle l'âme, et quand on meurt, on n'est jamais réellement mort, et quand on vit on n'est jamais vraiment vivant. Et vous voudriez savoir si je vous aime ? Ne soyez donc pas stupide, Walter, nous ne sommes même pas amis.

4

Écoutez... le ventilateur. Roues de murmures qui tournent : il a dit que vous aviez dit, ils ont dit que nous avions dit et ainsi de suite ; elles tournent, tournent, tantôt vite, tantôt lentement, et le temps remonte à la mémoire en bavardages ininterrompus. Le vieux ventilateur détraqué qui brise le silence. Le trois août, le trois, le trois.

Le trois août, un vendredi, et son nom était là, au beau milieu de l'article de Winchell, son propre nom : « Walter Ranney, un des gros pontes de la publicité, et Rosa Cooper, héritière des fameuses laiteries, conseillent à leurs intimes de commencer à acheter du riz[1]. » C'était Walter lui-même qui avait confié cette nouvelle à un ami d'un ami de Winchell. Il montra la notice au garçon du comptoir, au *Whelan*, où il prenait son premier déjeuner :

— C'est moi, dit-il, c'est moi le type, et l'expression que prit le visage du garçon lui fit l'effet d'un digestif.

Ce matin-là il arriva tard au bureau et s'avança entre les rangées des machines à écrire, précédé par l'agitation flatteuse de toutes les dactylographes. On ne lui dit rien cependant. Vers onze heures, après avoir passé une heure fort agréable à ne rien faire que se sentir heureux, il descendit au *drugstore* pour y prendre un café. Trois hommes de son bureau s'y trouvaient déjà, Jackson, Ritter et Byrd, et quand Walter entra, Jackson donna un coup de coude à Byrd et Byrd en donna un à Ritter et tous trois se retournèrent.

— Qu'est-ce que tu dis, gros ponte ? dit Jackson, un homme tout rose, prématurément chauve, et les deux autres éclatèrent de rire.

Walter fit mine de n'avoir rien entendu et s'engouffra dans une cabine téléphonique :

— Salauds, dit-il, en feignant de faire tourner des numéros sur le cadran.

Il attendit longtemps qu'ils fussent partis, puis il téléphona réellement :

1. Dans les mariages américains on jette des poignées de riz sur les jeunes mariés au moment où ils se disposent à partir. *(N.d.T.)*

— Rosa, bonjour, est-ce que je vous ai réveillée?
— Non.
— Dites, avez-vous lu Winchell?
— Oui.
Walter se mit à rire :
— Où pensez-vous qu'il ait bien pu recueillir ce potin?
Silence.
— Qu'est-ce qu'il y a? Votre voix a l'air toute drôle.
— Vraiment?
— Seriez-vous fâchée par hasard?
— Déçue seulement.
— A propos de quoi?
Silence. Puis :
— Vous avez fait là quelque chose d'abject, Walter. Oui, de vraiment abject.
— Je ne comprends pas du tout ce que vous voulez dire.
— Adieu, Walter.
En sortant il paya à la caisse une tasse de café qu'il avait oublié de prendre. Il y avait un salon de coiffure dans la maison. Il dit qu'il voulait se faire raser; non, les cheveux; non, les ongles; et soudain, en s'apercevant dans une glace, où sa figure lui apparut presque aussi blanche que la blouse du coiffeur, il comprit qu'il ne savait pas ce qu'il voulait. Rosa avait raison. Il était abject. Il n'avait jamais refusé d'admettre ses fautes, car en les admettant il avait l'impression qu'il les empêchait d'exister. Il monta et s'assit à son bureau. Il lui semblait saigner à l'intérieur, et de tout son cœur il aurait voulu croire en Dieu. Un pigeon se pavanait dehors sur le rebord de

la fenêtre. Il regarda un instant le chatoiement des plumes moirées dans le soleil, le dandinement paisible de la démarche; puis, sans avoir même le temps de s'en rendre compte, il saisit un presse-papiers en verre et le lança : le pigeon s'éleva tranquillement dans les airs, le presse-papiers tomba comme une goutte d'eau géante. S'il allait frapper quelqu'un, tuer quelqu'un, pensa-t-il dans l'attente d'un hurlement lointain. Mais il n'entendit rien que le pianotement des dactylographes et un coup frappé à la porte :

— Hé, Ranney, K.K. vous demande.

— Désolé, dit Mr. Kuhnhardt en jouant avec son stylo d'or. Et je vous donnerai une lettre de recommandation. Quand vous voudrez.

Maintenant, dans l'ascenseur, les ennemis, sous une poussée subite, écrasèrent Walter entre eux tous. Margaret était là, un ruban bleu dans les cheveux. Elle le regardait et son visage était différent des autres, moins vide, moins stérile. On y voyait encore un peu de compassion. Mais en le regardant, elle pouvait voir aussi à travers lui. Un rêve. Voilà ce qu'il fallait croire, pas autre chose; et cependant il portait sous son bras la contradiction même de ce rêve, une grande enveloppe remplie de tous les objets personnels de son bureau. Quand l'ascenseur se vida, il sentit qu'il lui fallait parler à Margaret, lui demander pardon, implorer son aide, mais elle filait rapidement vers une porte, se perdait parmi les ennemis : « Je t'aime », disait-il en courant derrière elle, « je t'aime », disait-il sans rien dire.

— Margaret ! Margaret !

Elle se retourna. Le ruban bleu s'harmonisait avec

ses yeux, et ses yeux, en se levant vers lui, s'adoucissaient, prenaient une teinte amicale. Ou apitoyée.

— Je t'en prie, dit-il. J'ai pensé que nous pourrions aller prendre quelque chose chez Benny. Nous aimions bien aller chez Benny autrefois, tu te rappelles ?

Elle secoua la tête :

— J'ai un rendez-vous, et je suis déjà en retard.

— Oh !

— Oui... je suis en retard, dit-elle, et elle se mit à courir.

Debout, il la regardait s'éloigner dans la rue en courant. Son ruban qui flottait brillait dans la lumière d'été pâlissante. Et puis elle disparut.

Son appartement, un pied-à-terre d'une pièce près de Gramercy Park, avait besoin d'être aéré, nettoyé, mais Walter, après s'être versé à boire, dit : « Je m'en fous » et s'étendit sur le divan. A quoi bon ? On avait beau faire, on avait beau se donner de la peine, le résultat final était toujours zéro. Partout, tous les jours, tout le monde était volé, et sur qui rejeter la faute ? Pourtant c'était étrange. Il était là, étendu, sirotant son whisky dans la chambre qu'assombrissait le crépuscule, et il ne s'était pas senti aussi calme depuis Dieu sait combien de temps. C'était comme le jour où il avait échoué à son examen d'algèbre, où il s'était senti si soulagé, si libre : un échec est quelque chose de défini, une certitude, et dans toute certitude il y a un élément de paix. Maintenant il allait quitter New York, partir en vacances ; il avait quelques centaines de dollars, cela lui suffirait jusqu'à l'automne.

Et tandis qu'il se demandait où il pourrait bien aller, il vit soudain, comme si un film s'était mis à se dérouler dans sa tête, des casquettes de soie, cerise ou jaune citron, et de petits hommes au visage sérieux, vêtus d'exquises chemises à pois. Fermant les yeux, il se trouva brusquement avoir cinq ans, et c'était délicieux de se rappeler les ovations, les saucisses chaudes, les grosses jumelles de son père. Saratoga ! Dans la lumière pâlissante des ombres masquèrent son visage. Il alluma une lampe, se versa un autre whisky, mit une rumba sur son gramophone et se mit à danser. Sur le tapis la semelle de ses souliers faisait un murmure léger. Il avait souvent pensé qu'avec un peu d'entraînement il aurait pu devenir danseur professionnel.

Juste au moment où le disque touchait à sa fin, le téléphone sonna. Il s'arrêta et resta là debout sans oser répondre, et la lumière, les meubles, tout dans la chambre prit une immobilité de mort. Comme il pensait que la sonnette s'était tue définitivement, elle reprit, plus forte, lui sembla-t-il, plus insistante. Il buta dans un tabouret, prit l'appareil, le laissa tomber, le rattrapa et dit :

— Allô !

L'appel venait de loin, d'une ville de Pennsylvanie dont il ne put saisir le nom. Après une série de crépitements, une voix, sèche, asexuée, une voix qui ne ressemblait à aucune de celles qu'il connaissait, lui parvint :

— Allô, Walter.

— Qui parle ?

Nulle réponse ne vint du bout du fil, seul le bruit d'une respiration profonde, régulière ; la communication était si claire qu'il avait l'impression que son interlocuteur, au bout du fil, lui parlait les lèvres collées à son oreille.

— Je n'aime pas les plaisanteries. Qui est-ce?

— Oh! mais voyons, Walter, tu me connais bien. Tu me connais depuis longtemps.

Un déclic, puis plus rien.

5

Il faisait nuit et il pleuvait quand le train arriva à Saratoga. Il avait dormi pendant la plus grande partie du trajet. Trempé de sueur dans la chaude humidité du wagon, il avait vu en rêve un vieux château où n'habitaient que de vieilles dindes. Dans un autre rêve se trouvaient mêlés son père, Kurt Kuhnhardt, un individu sans visage, Margaret et Rosa, Anna Stimson et une étrange grosse dame aux yeux de diamant. Il se trouvait dans une longue rue déserte. Le seul signe de vie était un défilé d'automobiles noires, funèbres, qui avançait lentement. Et pourtant il savait que, de chaque fenêtre, des yeux invisibles l'observaient dans toute sa nudité. Désespérément, il héla la première limousine. Elle s'arrêta et un homme, son père, ouvrit la portière d'un geste accueillant : « Papa ! » hurla-t-il en se précipitant, et la portière claqua, lui écrasant les doigts, tandis que son père, dans un grand éclat de rire, lui lançait par la vitre baissée une énorme guirlande de roses. Dans la seconde voiture se trouvait Margaret, dans la troisième la dame aux yeux de diamant (n'était-ce pas miss Casey, sa vieille maîtresse d'algèbre?), dans la quatrième Mr. Kuhnhardt et un nouveau protégé, l'individu sans visage. Chaque portière s'ouvrait, chaque portière se refermait, tous riaient, tous lui lançaient des roses. La file des voitures s'éloigna doucement dans la rue silencieuse, et, avec un cri épouvantable, Walter s'écroula dans la montagne de roses. Les épines déchirèrent sa chair et une pluie soudaine, une averse grise, dispersa les pétales et inonda les feuilles de sang pâle.

A l'expression étonnée de la dame assise en face de lui, il comprit tout de suite qu'il avait dû crier dans son sommeil. Il lui sourit d'un air penaud, et elle détourna les yeux avec, lui sembla-t-il, un peu de gêne. Elle était infirme. Elle portait au pied droit un soulier gigantesque. Plus tard, à la gare de Saratoga, il l'aida à porter sa valise et ils partagèrent un taxi. Ils ne se parlèrent pas. Chacun dans leur coin, ils regardaient la pluie, les lumières diffuses. A New York, quelques heures auparavant, il avait retiré de la banque tout ce qu'il possédait. Il avait fermé la porte de son appartement sans laisser de message pour personne. De plus, pas une âme ne le connaissait dans cette ville. C'était une sensation agréable.

L'hôtel était complet; en plus de la foule qu'attiraient les courses, il y avait, lui dit-on au bureau, un congrès de médecine. Non, on ne pouvait lui indiquer aucune chambre, malheureusement. Demain, peut-être.

Alors Walter trouva le bar. Du moment qu'il lui faudrait passer la nuit sans se coucher, autant valait être saoul. Le bar, très grand, très chaud et très bruyant, présentait le riche assortiment de grotesques des saisons d'été : dames croulantes sous leurs renards argentés, petits jockeys rabougris, hommes pâles parlant haut et vêtus d'étoffes vulgaires à carreaux fantastiques. Après deux ou trois verres, le bruit sembla s'éloigner. Alors, comme il jetait les yeux autour de lui, il aperçut l'infirme. Seule à une table, elle sirotait élégamment une crème de menthe. Ils échangèrent un sourire. Walter se leva et s'approcha d'elle.

— Ce n'est pas comme si nous étions des étrangers, dit-elle comme il s'asseyait. Vous êtes venu pour les courses, sans doute ?

— Non, dit-il, pour me reposer, simplement. Et vous ?

Elle fit la moue :

— Vous avez dû remarquer que j'ai un pied bot ; oh ! mais bien sûr, voyons, ne faites pas l'étonné : vous l'avez remarqué, comme tout le monde. Alors, voilà, dit-elle, en tournant son chalumeau dans son verre, voilà, mon docteur doit faire une communication à ce congrès, une communication sur moi, sur mon pied, parce que mon cas est assez spécial. Oh ! j'ai une peur ! Je veux dire qu'il va falloir que je montre mon pied.

Walter exprima des regrets et elle dit qu'il n'y avait pas de quoi ; après tout, ça lui procurait quelques jours de vacances, n'est-ce pas.

— Et voilà six ans que je n'ai pas quitté New York. Il y a six ans j'ai passé huit jours au *Bear Mountain Inn*.

Elle avait les joues colorées, tachetées de rouge, et ses yeux, trop rapprochés, étaient couleur de lavande, intenses ; elle n'avait jamais l'air de cligner les paupières. Elle portait une alliance à l'annulaire ; de la frime, sans aucun doute, personne ne s'y serait laissé prendre.

— Je suis domestique, dit-elle en réponse à une question. Il n'y a pas de mal à ça. C'est honnête et ça me plaît. Les gens chez qui je suis placée ont un adorable petit garçon, Ronnie. Je le traite mieux que sa mère et il m'aime davantage, il me l'a dit. Elle ne dessaoule pas de la journée.

C'était déprimant à entendre, mais Walter, craignant soudain de se trouver seul, restait, buvait, parlait, comme il parlait autrefois avec Anna Stimson.

— Chut ! dit-elle à un moment où, ayant élevé la voix, il avait attiré l'attention de quelques personnes.

Walter dit :

— Les gens, je m'en fous.

Il avait l'impression que son cerveau était de verre et que le whisky qu'il avait bu s'était transformé en marteau. Il pouvait sentir les fragments s'entrechoquer dans sa tête, ce qui troublait la mise au point, falsifiait les formes ; ainsi l'infirme ne lui semblait plus être une seule personne, mais plusieurs : Irving, sa mère, un homme appelé Bonaparte, Margaret, tous ceux-là et bien d'autres. De plus en plus il se rendait compte que l'expérience est un cercle dont on ne peut isoler, dont on ne peut oublier aucun moment.

6

Le bar fermait. Ils payèrent chacun leur addition et, tandis qu'ils attendaient leur monnaie, ils ne prononcèrent pas une parole. Elle le fixait de ses yeux de lavande qui ne clignaient jamais. Elle semblait maîtresse d'elle-même, mais il savait qu'au fond une émotion subtile l'agitait. Quand le garçon revint, ils partagèrent la monnaie et elle dit :

— Si vous voulez, vous pouvez venir dans ma chambre. Une rougeur lui envahit la face : C'est-à-dire..., vous m'avez dit que vous n'aviez pas de chambre pour cette nuit...

Walter lui prit la main, et le sourire qu'elle lui adressa était d'une touchante timidité.

Dans une bouffée de parfum de bazar, elle sortit de la salle de bains vêtue seulement d'un léger kimono couleur chair et de son monstrueux soulier noir. C'est alors qu'il comprit qu'il lui serait impossible de s'approcher d'elle. Et jamais il ne s'était senti aussi pitoyable. Même Anna Stimson ne pourrait pas lui pardonner une chose comme ça.

— Ne regardez pas, dit-elle, sa voix tremblait légèrement. Je n'aime pas qu'on voie mon pied.

Il se tourna vers la fenêtre contre laquelle les feuilles des ormeaux bruissaient dans la pluie, et des éclairs, trop lointains pour qu'on perçût le moindre bruit.

— Voilà, dit-elle.

Walter ne bougea pas.

— Voilà, répéta-t-elle, impatiente. Voulez-vous que j'éteigne? Vous préférez peut-être vous préparer... dans le noir?

Il s'approcha du bord du lit et, se penchant, l'embrassa sur la joue.

— Je vous trouve extrêmement gentille, mais...

Le téléphone l'interrompit. Elle le regarda d'un air niais.

— Nom de Dieu, dit-elle et elle couvrit l'appareil avec sa main, ça vient de très loin. Je parie qu'il s'agit de Ronnie! Je parie qu'il est malade ou... allô... quoi?... Ranney? Mais non. Vous vous êtes trompé de num...

— Un instant, dit Walter en saisissant le téléphone. C'est moi, c'est Walter Ranney.

— Allô, Walter.

La voix, sourde, asexuée, lointaine le frappa au creux de l'estomac. Il lui sembla que la chambre basculait, se cabrait. Une moustache de sueur lui perla sur la lèvre.

— Qui parle? dit-il si lentement que les mots ne s'enchaînaient pas d'une manière cohérente.

— Oh! voyons, Walter, tu me connais bien! Tu me connais depuis longtemps.

Puis le silence. A l'autre bout du fil on avait raccroché.

— Ça, par exemple, dit la femme, comment a-t-on bien pu savoir que vous étiez dans ma chambre; je veux dire... mais, est-ce que c'était des mauvaises nouvelles? Vous avez l'air tout...

Walter se laissa tomber sur elle, la serra contre lui, pressant sa joue humide contre la sienne.

— Tenez-moi, dit-il, s'apercevant qu'il pouvait encore pleurer, je vous en prie, tenez-moi.

— Pauvre petit garçon, dit-elle en lui tapotant le dos, mon pauvre petit garçon, on se sent terriblement seul dans la vie, n'est-ce pas ? Et brusquement il s'endormit dans ses bras.

Il n'avait pas dormi depuis, et maintenant il ne pouvait pas dormir davantage, même bercé par le ronronnement paresseux du ventilateur ; dans les lames tournantes il voyait des roues de trains : Saratoga-New York, New York-La Nouvelle-Orléans. Et il avait choisi La Nouvelle-Orléans sans raison particulière, c'était simplement une ville lointaine et qui lui était étrangère. Quatre lames de ventilateur, roues et voix, tournant, tournant sans cesse ; et après tout, il le voyait bien maintenant, ce réseau de méchanceté n'aurait non plus jamais de fin.

Bruit d'eau dans les conduites des murs, pas audessus de sa tête, tintements de clefs dans le couloir, nouvelles à la radio quelque part au loin, dans la chambre voisine une voix de petite fille qui demande pourquoi ? Pourquoi ? POURQUOI ? Et néanmoins, dans la chambre une impression de silence. Ses pieds, éclairés par la lueur de l'imposte, ressemblaient à de la pierre amputée. Comme dix petits miroirs, les ongles brillants des orteils reflétaient une lueur verdâtre. Il s'assit sur son lit et, avec une serviette, sécha la sueur qui l'inondait. Maintenant, plus que tout autre chose, c'était la chaleur qui l'effrayait, car elle le rendait conscient de l'abandon où il se trouvait. Il lança la serviette à travers la chambre où elle se balança accrochée à un abat-jour. A ce moment, le téléphone sonna, sonna. Et il sonnait si fort que Walter était sûr que tout l'hôtel pouvait l'entendre. Une armée allait venir frapper à sa porte. Alors il enfouit sa tête dans l'oreiller, se couvrit les oreilles des deux mains et pensa : pense à des choses qui ne sont rien, pense à des choses comme le vent.

(Traduit par Maurice Edgar Coindreau.)

LA BONBONNE D'ARGENT

Les classes terminées, j'allais travailler au *drugstore Valhalla*. Il appartenait à mon oncle, Mr. Ed. Marshall. Je l'appelle Mr. Marshall, parce que tout le monde, y compris sa femme, l'appelait Mr. Marshall. C'était pourtant un homme charmant.

Ce *drugstore*, si démodé qu'il fût, était vaste, sombre et frais : pendant les mois d'été, il n'y avait pas en ville d'endroit plus agréable. A gauche, après l'entrée, se trouvait un comptoir de tabac derrière lequel siégeait, en règle générale, Mr. Marshall. C'était un homme trapu, au visage carré, au teint rose, avec des moustaches blanches et relevées en boucles, qui lui donnaient un air martial. Au fond, après ce comptoir, se dressait le splendide *milk-bar* très ancien, taillé dans un marbre affiné, jauni, doux au toucher, mais sans aucune trace de vernis à bon marché. Mr. Marshall, qui l'avait acquis en 1910, lors d'une vente aux enchères à New Orleans, en tirait une réelle fierté. En regardant le « bar[1] » du

1 Dans le texte « soda-fountain » : bar pour glaces et rafraîchissements non alcoolisés. *(N.d.T.)*

haut des tabourets frêles et graciles qui l'entouraient, on pouvait apercevoir sa propre image mollement réfléchie, comme dans une succession de vieux miroirs en acajou, à la lueur des chandelles. Tous les articles d'usage courant étaient étalés dans des vitrines verrouillées par des clés en cuivre et qui évoquaient un bric-à-brac de collectionneur. Et toujours flottait dans l'air l'odeur de sirop, de muscade et d'autres friandises.

Le *Valhalla* était le rendez-vous de tout le comté de Wachata, jusqu'au jour où un certain Rufus McPherson débarqua en ville et ouvrit un deuxième *drugstore* juste de l'autre côté de la place du Palais-de-Justice. Ce vieux Rufus McPherson était un gredin : pour tout dire, il coula le commerce de mon oncle. Il fit des fantaisies d'aménagement, installant, par exemple, des ventilateurs électriques et des lumières de couleur ; il institua un service spécial pour permettre aux clients de faire leurs achats sans descendre de voiture, et livra, sur commande, des sandwiches au fromage grillé. Bien entendu, si quelques personnes restèrent fidèles à Mr. Marshall, la plupart des gens se laissèrent séduire par Rufus McPherson.

Pendant un certain temps, Mr. Marshall résolut de l'ignorer : s'il arrivait à quelqu'un de citer devant lui le nom de McPherson, il laissait échapper une sorte de grognement sourd, roulait ses moustaches, et détournait ses regards. Mais, sans exagération, on pouvait dire qu'il était fou de rage. Et que sa folie empirait. C'est alors que, un jour vers la mi-octobre, en me promenant dans le *Valhalla*, je le trouvai, assis près du bar, un verre de vin à la main, en train de jouer aux dominos avec Hamurabi.

Hamurabi était Égyptien ; il exerçait vaguement le métier de dentiste, encore qu'il n'eût pas beaucoup de travail, car les gens du pays ont généralement les dents très solides à cause d'une substance qui se trouve dans l'eau. Il passait le plus clair de son temps à flâner autour du *Valhalla*, et c'était le meilleur copain de mon oncle. Il avait fière allure, cet Hamurabi, avec son teint basané et ses un mètre quatre-vingt-dix : les mères de famille de la ville gardaient leurs filles sous clef et se réservaient de lui faire des œillades. Il n'avait pas le moindre accent étranger, et j'ai toujours pensé qu'il n'était pas plus Égyptien que l'homme des cavernes.

Quoi qu'il en soit, je les trouvai là tous les deux, en train de boire à grandes rasades un vin rouge d'Italie qu'ils tiraient d'une bonbonne de trois litres. C'était un spectacle troublant, car Mr. Marshall était réputé appartenir à la ligue antialcoolique. Aussi, tout naturellement, me mis-je à penser : « Ça y est, Rufus McPherson a réussi à le faire sortir de ses gonds ! » Et pourtant, il n'en était rien.

— Hé, fiston, dit Mr. Marshall, viens prendre un verre de vin.

— Bien sûr, dit Hamurabi, aide-nous à le finir. C'est la maison qui paie, il ne faut pas en perdre.

Bien après, lorsque la bonbonne fut sèche, Mr. Marshall la ramassa en disant : « Maintenant on va voir. » Puis il sortit et disparut.

— Où va-t-il ? demandai-je.

— Ah ! se borna à répondre Hamurabi.

Il aimait à me tourmenter.

Une demi-heure s'écoula avant que mon oncle revînt. Courbé en deux, il maugréait sous le poids du fardeau. Il plaça la bonbonne sur le bar et, le sourire aux lèvres, recula en se frottant les mains.

— Eh bien, qu'est-ce que vous en dites ?

— Ha ! grogna Hamurabi.

— Ça alors ! fis-je.

C'était la même bonbonne de vin, bien sûr, mais avec une différence stupéfiante, car maintenant elle était bourrée jusqu'au bord de pièces de cinq et de dix *cents* qui, à travers l'épaisseur du verre, luisaient d'un terne éclat.

— Joli, hein ? dit mon oncle, je l'ai fait remplir à la Banque nationale. Le plus que je pouvais y faire entrer, c'était une pièce de cinq *cents*. Mais, vous pouvez m'en croire, y a pas mal de sous là-dedans.

— Mais quel est le fin mot de l'histoire, monsieur Marshall ? demandai-je, enfin, je veux dire, quelle est votre idée ?

Le sourire de Mr. Marshall s'accentua jusqu'au ricanement :

— Vous avez là une bonbonne d'argent, c'est le cas de le dire...

— Un château en Espagne, intervint Hamurabi.

— ... Et l'idée, comme tu dis, c'est de faire deviner aux gens quelle somme se trouve là-dedans. Par exemple, mettons que tu achètes pour vingt-cinq *cents* de produits, bon, alors tu as droit à une réponse. Tu as droit à d'autant plus de réponses que tu achètes davantage. Et je conserverai toutes les réponses dans un grand livre jusqu'à la veille de Noël, et, ce jour-là, celui qui approchera le plus de la somme exacte aura tout le paquet.

Hamurabi approuva solennellement de la tête.

— Il joue les père Noël, — un père Noël extrêmement malin, dit-il ; je vais rentrer chez moi, et écrire un livre : *Le Meurtre habile de Rufus McPherson.*

Au vrai, il lui arrivait d'écrire des histoires qu'il envoyait aux journaux. Et toujours on les lui retournait.

*

Ce fut surprenant, réellement miraculeux, de voir comme le comté de Wachata put se passionner pour l'histoire de la bonbonne. A vrai dire, le *Valhalla* n'avait jamais fait tant d'affaires depuis le jour où ce pauvre bougre de Tully, le chef de gare, fit irruption dans le magasin, en proie à une crise de délire hystérique et déclara qu'il avait découvert du pétrole derrière la gare, ce qui amena dans la ville une foule de prospecteurs à la manque. On vit même les mauvais garçons, habitués de la salle de jeu, qui en général ne dépensaient pas un sou en dehors des femmes ou du whisky, investir leurs économies dans des cocktails au lait. Quelques dames d'âge respectable désapprouvèrent publiquement l'entreprise de Mr. Marshall, mais elles ne soulevèrent aucune agitation, et certaines d'entre elles trouvèrent même l'occasion de venir chez nous et de hasarder une réponse. Les enfants de l'école étaient follement passionnés par toute l'affaire, et j'avais une grande popularité auprès d'eux, car ils s'imaginaient que je connaissais la réponse.

— Je vais vous expliquer pourquoi, dit Hamurabi en allumant une de ces cigarettes égyptiennes qu'il se faisait envoyer de New York. Ce n'est pas la raison que vous pensez ; si vous aimez mieux, ce n'est pas l'avidité. Non. C'est le mystère qui les enchante. Quand vous regardez ces pièces de cinq et de dix *cents*, à quoi pensez-vous ? *Tant* d'argent ? Non, ce n'est pas ça ; vous pensez : *combien* d'argent ? Et ça, c'est un grave problème, un problème qui a des significations variées selon les gens. Compris ?

Vous pensez si Rufus McPherson était furieux ! Dans le commerce, on compte sur Noël pour faire rentrer une grande partie du bénéfice annuel ; or, il avait beaucoup de mal à trouver un client. Aussi essaya-t-il d'imiter le coup de la bonbonne ; mais, radin comme il était, il la remplit de pièces d'un *cent*. Il écrivit également une lettre au directeur de l'*Étendard*, notre hebdomadaire, dans laquelle il déclarait que Mr. Marshall devait être « enduit de poix, couvert de plumes et pendu haut et court pour faire d'innocents petits enfants des joueurs endurcis et les mener tout droit sur le chemin de la damnation ». On peut s'imaginer comme il prêta à rire. Tout le monde, sans exception, le méprisait. Et, vers le milieu de novembre, on le vit, debout sur le trottoir devant son magasin, contempler avec amertume l'animation joyeuse qui régnait de l'autre côté de la place.

*

C'est vers cette époque que Pépin-de-Pomme et sa sœur firent leur première apparition.

Il n'était pas de la ville. Du moins personne ne se rappelait l'avoir jamais vu auparavant. Il dit qu'il vivait dans une ferme à un mile au-delà d'Indian Branches ; il nous raconta que sa mère pesait seulement soixante-quatorze livres, et qu'il avait un frère aîné qui, pour cinquante *cents*, grattait du violon à n'importe quel mariage. Il prétendait que Pépin-de-Pomme était son seul nom, et qu'il avait douze ans. Mais Middy, sa sœur, dit qu'il en avait huit. Ses cheveux étaient raides et jaune foncé. Il avait une petite figure mince, hâlée par les intempéries, avec des yeux verts inquiets et un regard plein d'intelligence et de sérieux. Il était petit, chétif, nerveux, et portait toujours le même costume : un chandail rouge, des pantalons de coutil bleu, et des brodequins d'adulte, si grands pour lui qu'ils faisaient flic-flac à chacun de ses pas.

Il pleuvait à verse, le jour où nous le vîmes pour la première fois au *Valhalla* ; ses cheveux, plaqués sur sa tête, lui faisaient comme un bonnet, et le cuir de ses brodequins était durci par la boue rouge des routes de campagne. Middy le suivait en flânant, tandis qu'il s'avançait fièrement à la manière d'un cow-boy vers le bar où j'étais occupé à essuyer des verres.

— Y paraît qu'vous avez une bouteille pleine de sous qu'vous avez décidé de bazarder, dit-il en me regardant droit dans les yeux. Puisque vous la bazardez, on vous aurait bien de la reconnaissance si c'est à nous que vous la donniez. J' m'appelle Pépin-de-Pomme, et ça, c'est ma sœur Middy.

Middy était une gosse triste qui avait la tristesse peinte sur sa figure. Elle était nettement plus grande et avait l'air plus vieille que son frère : bref, une vraie perche. Ses cheveux blond filasse étaient coupés court, et son petit visage pâlot faisait pitié. Elle portait une robe de coton usagée qui s'arrêtait au-dessus de ses genoux osseux.

Elle avait un défaut de dentition et essayait de le cacher en faisant une moue affectée qui lui donnait un air de vieille dame.

— Désolé, dis-je, mais il faut que tu en parles à Mr. Marshall.

C'est ce qu'il fit, bien sûr. J'entendis mon oncle lui expliquer ce qu'il aurait à faire pour gagner la bonbonne. Pépin-de-Pomme écoutait avec la plus grande attention et, de temps en temps, hochait la tête. Il revint bientôt vers moi, s'arrêta devant la bonbonne et la caressa doucement de la main en disant :

— Middy, n'est-ce pas que c'est joli ?

— Ils vont nous la donner ? demanda Middy.

— Attends un peu. Tu vois, ce qu'il faut faire, c'est deviner combien il y a d'argent là-dedans. Et puis, si tu veux participer à l'affaire, il faut que tu achètes pour vingt-cinq *cents* de produits.

— Hum ! on ne les a pas, les vingt-cinq *cents*. Où c'est que tu espères nous trouver vingt-cinq *cents* ?

Pépin-de-Pomme fronça les sourcils et se frotta le menton : « Ça, c'est facile. Tu n'as qu'à me laisser faire. La seule difficulté, c'est que je ne peux pas me contenter de donner une réponse comme ça, au hasard, et de deviner... Il faut que je *sache*. »

Eh bien ! quelques jours plus tard, on les vit revenir. Pépin-de-Pomme se percha sur un tabouret près du bar et demanda fièrement deux verres d'eau, un pour lui et un pour Middy. C'est à cette occasion qu'il livra ces quelques renseignements sur sa famille :

— ... Et puis il y a bon-papa, c'est le père de maman, qui est un métis, c'est pour ça qu'il parle pas bien anglais. Mon frère, celui qui joue du violon, il a été trois fois en prison... C'est à cause de lui qu'on a dû faire les malles et quitter la Louisiane. Il avait flanqué un méchant coup de rasoir à un type avec qui il se battait pour une femme de dix ans plus vieille que lui. Elle avait des cheveux jaunes.

Middy, qui rôdait derrière nous, intervint sèchement :

— Pépin-de-Pomme, tu ne devrais pas raconter nos histoires de famille comme ça.

— Tais-toi, Middy.

Et Middy se tut.

— C'est une brave fille, ajouta Pépin-de-Pomme en se retournant pour lui tapoter la tête, mais elle n'a pas inventé le fil à couper le beurre. Tiens, va regarder les illustrés, tu seras un chou, et cesse de te faire du mauvais sang pour tes dents. Ton Pépin-de-Pomme a du travail à faire.

Ce « travail » consistait pour lui à regarder fixement la bonbonne, comme s'il eût voulu la dévorer des yeux. Le menton dans le creux de la main, il l'étudia un long moment, sans baisser une fois les paupières. « Une dame en Louisiane m'a dit que je pouvais voir des choses que les autres gens ne voient pas, parce que j'étais né coiffé. »

— Tu ne peux pas voir combien d'argent il y a, dis-je, c'est absolument impossible. Dis le premier chiffre qui te viendra à l'esprit, et peut-être que ce sera le bon.

— Hum! dit-il, c'est bougrement trop dangereux. Moi, je ne peux pas courir un tel risque. Vous voyez, d'après ce que j'ai réfléchi, il n'y a qu'un moyen absolument sûr, c'est de compter une à une toutes les pièces de cinq et de dix *cents*.

— Les compter?

— Compter quoi? demanda Hamurabi qui, entré d'un pas nonchalant, s'installa près du bar.

— Ce gosse dit qu'il va compter combien il y a d'argent dans la bonbonne, expliquai-je.

Hamurabi jeta sur Pépin-de-Pomme un regard intéressé.

— Et comment penses-tu t'y prendre, fiston?

— Oh! en comptant, dit Pépin-de-Pomme sans sourciller.

Hamurabi se mit à rire.

— Tout ce que je peux te dire, fiston, c'est qu'il vaudrait mieux que tu aies des rayons X dans les yeux.

— Oh! non! il suffit d'être né coiffé. Une dame en Lousiane me l'a dit. C'était une sorcière, et, quand maman n'a pas voulu me laisser avec elle, elle lui a jeté un sort et alors maman n'a plus pesé que soixante-quatorze livres.

— Très, très in-té-res-sant, fut le commentaire d'Hamurabi qui jeta sur Pépin-de-Pomme un étrange coup d'œil.

Middy s'approcha d'un pas traînant, un numéro de *Cinémonde* à la main. Elle montra du doigt une photo à son frère, et dit :

— N'est-ce pas la plus jolie dame qu'on puisse voir? Eh bien! tu vois, Pépin-de-Pomme, les belles dents qu'elle a. Il n'y en a pas une de travers.

— Bon, ça va, ne t'en fais donc pas.

Après leur départ, Hamurabi commanda une bouteille de jus d'orange et la but lentement, tout en fumant une cigarette.

— Crois-tu possible que ce gosse ne soit pas cinglé ? demanda-t-il quelques instants plus tard, d'une voix mal assurée.

*

C'est, à mon avis, dans les petites villes que Noël est le plus attrayant. Elles se mettent plus vite dans l'ambiance, elles se transforment ; le charme de Noël leur insuffle une nouvelle vie. Pendant les premières semaines de décembre, les portes des maisons se décorèrent de toutes sortes de guirlandes, et les vitrines des magasins étincelèrent de clochettes de papier rouge et de flocons de neige en mica brillant. Les gosses faisaient des virées dans les bois aux alentours et revenaient en traînant des arbres aux feuilles persistantes qui embaumaient. Déjà les femmes s'employaient à cuire des gâteaux aux fruits, ouvraient des bocaux de *mincemeat*[1] et des bouteilles de prunelle et de mûre. Sur la place de l'Hôtel-de-Ville, un arbre immense avait été dressé et orné de paillettes d'argent et d'ampoules de couleur qu'on allumait après le coucher du soleil. Tard dans l'après-midi, on pouvait entendre la chorale de l'église presbytérienne répéter des cantiques pour son récital annuel. Partout dans la ville, les camélias étaient en fleur.

La seule personne qui semblait rester absolument étrangère à cette atmosphère de fête était Pépin-de-Pomme. Il entreprit avec une extrême et constante

1 Compote de raisins secs, de pommes, d'amandes, d'écorce d'orange, etc., liée avec de la graisse et conservée avec du cognac. *(N.d.T.)*

application le travail qu'il avait annoncé et qui consistait à compter l'argent de la bonbonne. Il venait maintenant tous les jours au *Valhalla* et se perdait en contemplation, fronçant les sourcils et marmonnant sans cesse entre ses dents. Au début, nous étions tous fascinés par ce spectacle, mais bientôt cela devint lassant et il n'y eut plus personne pour y prêter attention. Il n'achetait jamais rien, ce qui nous laissait croire qu'il n'avait pas réussi à se procurer les vingt-cinq *cents*. Il parlait parfois avec Hamurabi, qui s'intéressait tendrement à lui et, de temps en temps, lui payait des boules de gomme ou un bâton de réglisse.

— Vous continuez à croire qu'il lui manque une case ? demandai-je.

— Je n'en suis pas sûr, répondit Hamurabi. Mais je vais vous dire ce qu'il y a : il ne mange pas assez. Je vais l'emmener au *Café du Soleil* et lui offrir une assiette de grillade.

— Il serait plus content si vous lui donniez vingt-cinq *cents*.

— Non. Un plat de grillade, c'est ce qui lui manque. D'ailleurs, ça vaudrait beaucoup mieux qu'il ne donne jamais sa réponse. Un gosse nerveux comme il est, et tellement insolite, — je ne voudrais pas être le responsable, s'il perdait !... Vraiment ce serait terrible !

J'avoue qu'à l'époque Pépin-de-Pomme me parut un peu bizarre et que j'en fus frappé. Mr. Marshall était navré pour lui et les autres gosses essayaient de se moquer de lui, mais, devant son mutisme, ils étaient obligés de lâcher prise. Et il restait là, des heures et des heures, assis au bar, au vu et au su de tout le monde, le front ridé et le regard éternellement fixé sur la bonbonne. Pourtant il était si replié sur lui-même, que parfois on se laissait envahir par cette horrible et irritante impression que, ma foi, il n'existait peut-être pas. Et, lorsqu'on s'était bien fait à cette idée, voilà qu'il s'éveillait et disait quelque chose comme :

— Vous savez, j'espère bien qu'il y a une pièce de cinq *cents* de 1913 avec la tête de bison. Il y a un type qui m'a raconté qu'il connaissait un endroit où une pièce comme ça vaut cinquante dollars.

Ou bien :

— Middy va devenir une grande dame au cinéma. Elles se font un tas de fric, les dames au cinéma, et alors, c'est fini, plus jamais on ne mangera de choux verts de toute notre vie. La seule chose, c'est que Middy prétend qu'elle ne peut pas faire de cinéma si elle n'a pas de jolies dents.

Middy n'accompagnait pas toujours son frère. Ces fois-là, lorsqu'elle ne venait pas, Pépin-de-Pomme n'était plus le même : il paraissait tout timide et s'en allait de bonne heure.

Hamurabi tint sa promesse et lui paya une assiette de grillade au café.

— M. Hamurabi est bien gentil, dit ensuite Pépin-de-Pomme, ça va bien, mais il se fait de drôles d'idées : il se figure que dans son pays, là-bas, l'Égypte comme il l'appelle, il serait roi ou quelque chose dans le genre.

Et Hamurabi, de son côté, dit :

— Ce gosse a vraiment la confiance la plus touchante. C'est un spectacle magnifique. Mais je commence à en avoir assez de toute l'histoire.

Il faisait des gestes en direction de la bonbonne :

— Donner un espoir comme ça à quelqu'un, c'est vraiment de la cruauté. Je vous assure que je me mords les doigts de m'être mis un jour là-dedans.

*

Aux alentours du *Valhalla*, le passe-temps favori des gens était de discuter pour savoir ce qu'ils achèteraient, s'ils gagnaient la bonbonne. Parmi les plus assidus, on notait : Salomon Kats, Phoebe Jones, Carl Kuhnhardt, Puly Simmons, Addie Foxcroft, Marvin Finkle, Trudy Edwards, et un homme de couleur du nom d'Erskine Washington ; et voici quelques-unes de leurs réponses : un voyage et une permanente à Birmingham, un piano d'occasion, un poney Shetland, un bracelet en or, une collection de *Tarzan*, une assurance sur la vie.

Un jour, Mr. Marshall demanda à Pépin-de-Pomme ce qu'il choisirait. « C'est un secret », lui fut-il répondu, et malgré toutes les tentatives qui furent faites pour percer le mystère, on ne parvint pas à le faire parler. Nous fûmes tous convaincus que cette chose, quelle qu'elle fût, il la désirait vraiment de tout son cœur.

Un hiver qui se respecte tant soit peu ne s'installe généralement pas dans cette partie du pays avant la fin janvier, et, même alors, il est doux et de courte durée. Mais, cette année-là, nous fûmes favorisés par une étrange vague de froid, la semaine avant Noël ! Certains en parlent encore, car ce fut terrible : les conduites d'eau gelèrent ; beaucoup de gens devaient passer leurs journées au lit, blottis sous leurs couvre-pieds, car ils avaient négligé de rentrer suffisamment de combustible pour leurs poêles. Le ciel prenait cette étrange teinte grise que l'on voit avant une tempête, et le soleil était pâle comme une lune déclinante; il soufflait un vent froid qui vous transperçait : les dernières feuilles desséchées tombaient sur le sol glacé et, par deux fois, le grand arbre, sur la place, se trouva dépouillé de ses ornements de fête. Lorsque vous respiriez, votre haleine formait un nuage de vapeur. En bas de la ville, près de la fabrique de soieries, là où vivaient les gens les plus pauvres, les familles se réunissaient dans l'obscurité de la nuit et se racontaient des histoires pour détourner leur attention du froid. Dans la campagne environnante, les fermiers recouvraient leurs plantes délicates de sacs de jute et disaient des prières; certains profitaient du temps pour tuer leurs cochons et porter en ville la saucisse fraîche. Mr. R.C. Judkins, notre ivrogne municipal, s'équipa d'un habit d'étamine rouge et joua le père Noël au Prix-Unic. Mr. R.C. Judkins était le père d'une nombreuse famille, et tout le monde se réjouit de le voir assez sobre pour gagner quelques dollars. Il y eut plusieurs réunions de paroissiens, et, au cours de l'une d'entre elles, Mr. Marshall se trouva face à face avec Rufus McPherson : des paroles amères furent échangées, mais aucun coup ne fut frappé.

Revenons à Pépin-de-Pomme, qui, comme nous l'avons vu, vivait à un mile au-delà d'Indian Branches; cela faisait environ trois miles de la ville : une randonnée extrêmement longue et solitaire. Pourtant, malgré le froid, il venait tous les jours au *Valhalla* et restait jusqu'à l'heure de la fermeture, c'est-à-dire après la tombée de la nuit, car les jours avaient diminué. De temps à autre, il lui arrivait de rencontrer le contremaître de la fabrique de soieries, qui le reconduisait une partie du chemin en voiture, mais cela était rare. Il avait l'air fatigué, et le souci lui dessinait des rides autour de la bouche. Il était toujours transi et frissonnait à chaque instant. Je ne crois pas qu'il portait le moindre sous-vêtement chaud sous son chandail rouge et ses pantalons bleus.

Trois jours avant Noël, sans crier gare, il annonça :

— Ça y est, j'ai fini. Je sais combien il y a dans la bouteille.

Il proclama cela avec une telle assurance, un tel sérieux, et d'un ton tellement solennel qu'il nous était difficile de ne pas le croire.

— Allons, fiston, remets-toi, dit Hamurabi, qui se trouvait là, c'est impossible que tu saches une chose comme ça; si tu crois le savoir, tu te trompes, et, en tout cas, tu fais tout ce qu'il faut pour te faire du mal.

— Inutile de me faire la leçon, monsieur Hamurabi. Je sais très bien ce que je fais; une dame en Louisiane, elle m'a dit...

— Oui, d'accord, mais il faut que tu oublies ça. A ta place, je rentrerais à la maison et je resterais tranquille, et j'oublierais cette satanée bonbonne!

— Mon frère va jouer du violon cette nuit à un mariage, là-bas à Cherokee, et il me donnera les vingt-cinq *cents*, dit Pépin-de-Pomme d'un ton obstiné. Demain, je donnerai ma réponse.

*

Aussi, le lendemain, eus-je du mal à contenir ma curiosité lorsque je vis arriver Pépin-de-Pomme et Middy. Pas de doute, il avait sa pièce de vingt-cinq *cents* : elle était serrée, par précaution, dans le coin d'un foulard rouge.

Main dans la main, ils erraient parmi les rayons et se consultaient à mi-voix, comme pour savoir ce qu'ils allaient acheter. Finalement ils se décidèrent pour un flacon, grand comme un dé à coudre, d'essence de gardénia. Middy l'ouvrit aussitôt et s'en versa une partie sur les cheveux.

— Ça sent... Oh! mon Dieu, je n'ai jamais senti quelque chose d'aussi bon. Tiens, Pépin-de-Pomme, mon chou, laisse-moi t'en mettre sur les cheveux.

Mais Pépin-de-Pomme ne voulut pas la laisser faire.

Mr. Marshall sortit le grand livre qui lui servait de registre; Pépin-de-Pomme, pendant ce temps, s'avança vers le bar et prit la bonbonne entre ses mains, la caressant doucement. Il avait les yeux brillants et les joues rouges, tant il était excité. Plusieurs personnes qui se trouvaient à ce moment-là dans le *drugstore* s'attroupèrent. Middy, restée en arrière, se grattait tranquillement les jambes et respirait le parfum. Hamurabi n'était pas là.

Mr. Marshall suça la pointe de son crayon en souriant.

— Alors, fiston, qu'est-ce que tu dis?

Pépin-de-Pomme aspira profondément.

— Soixante-dix-sept dollars, trente-cinq *cents*, lâcha-t-il.

En prenant un nombre aussi compliqué, il tranchait vraiment sur l'ensemble des gens, qui, eux, donnaient toujours un chiffre rond. Mr. Marshall répéta solennellement la somme et la transcrivit.

— Quand est-ce que je saurai si j'ai gagné ?

— La veille de Noël, dit quelqu'un.

— C'est demain, hein ?

— Ma foi, c'est vrai, fit Mr. Marshall sans montrer d'étonnement. Viens à quatre heures.

*

Pendant la nuit, le thermomètre descendit encore plus bas, et, vers l'aube, il y eut une de ces averses rapides, comme on en voit en été, si bien qu'après, la journée fut lumineuse et glacée. La ville rappelait ces cartes postales de scènes nordiques, avec les stalactites d'une blancheur éclatante aux branches des arbres et des fleurs de givre sur toutes les vitres. Mr. R.C. Judkins se leva de bonne heure, et, sans raison apparente, parcourut les rues en faisant tinter une clochette de table, non sans s'arrêter de temps en temps pour boire un coup de whisky, dont il gardait un flacon dans sa poche revolver. Comme il n'y avait pas un souffle de vent, des colonnes de fumée toutes droites grimpaient paresseusement de différentes cheminées vers le ciel calme et glacé. Dès le milieu de la matinée, la chorale presbytérienne battait son plein ; et les gosses de la ville (portant des masques terrifiants, comme pour le Carnaval) se poursuivaient autour de la place dans un vacarme épouvantable.

Hamurabi se joignit à nous vers midi pour nous

aider à terminer l'aménagement du *Valhalla*. Il apporta avec lui un sac bourré de cacahuètes, et ensemble nous les mangeâmes jusqu'à la dernière, en jetant les cosses dans un poêle ventru que l'on venait d'installer au milieu de la pièce (un cadeau que Mr. Marshall s'était offert). Puis mon oncle prit la bonbonne posée sur le bar, la fit briller, et la plaça sur une table bien en évidence. Après quoi il ne nous fut plus d'aucun secours, car il passa son temps, accroupi sur une chaise, à nouer et renouer un ruban vert et gluant autour de la bonbonne. Aussi, Hamurabi et moi, avions-nous à nous occuper tout seuls du reste : balayer le plancher, laver les glaces, épousseter les vitrines, suspendre d'un bout à l'autre de la salle des banderoles de papier frisotté vert et rouge. Ceci fait, l'ensemble avait très belle allure.

Mais Hamurabi contempla tristement notre ouvrage et dit :

— Bon, je crois que maintenant je ferais mieux de m'en aller...

— Tu ne restes pas ici ? demanda Mr. Marshall, surpris.

— Non, vraiment, dit Hamurabi en secouant la tête, je ne veux pas voir les yeux de ce gosse. C'est Noël aujourd'hui et j'ai envie de me payer du bon temps. Et je ne pourrais pas, non, pas avec quelque chose comme ça sur la conscience. Bon Dieu, je n'en dormirais pas !

— Comme tu veux, fit Mr. Marshall. Et il haussa les épaules, mais on sentait qu'il était réellement blessé. « C'est la vie, et d'ailleurs, qui sait ? il pourrait gagner. »

Hamurabi soupira d'un air sombre :

— Quelle est sa réponse ?

— Soixante-dix-sept dollars, trente-cinq *cents*, dis-je.

— Ça alors, je vous le demande, n'est-ce pas fantastique ? dit Hamurabi. Il s'affala sur une chaise à côté de Mr. Marshall, croisa les jambes et alluma une cigarette. « Si vous avez des bouchées au nougat, j'en voudrais bien une. J'ai un goût amer dans la bouche. »

*

L'après-midi avançait. Assis tous trois autour de la table, nous nous sentions horriblement mal à l'aise. Personne ne soufflait mot, et comme les gosses avaient déserté la place, on n'entendait que l'horloge du clocher de l'hôtel de ville, lorsqu'elle sonnait l'heure. Le *Valhalla* était fermé au public, mais il continuait à passer des gens qui jetaient des coups d'œil par les fenêtres. A trois heures, Mr. Marshall me dit d'aller ouvrir la porte.

En vingt minutes le magasin fut plein à craquer : tout le monde était sur son trente et un, et l'air embaumait, car la plupart des ouvrières de la fabrique de soieries s'étaient parfumées à l'essence de vanille. Les uns s'écrasaient contre les murs, d'autres allaient se percher sur le bar ou bien s'entassaient où ils pouvaient. Bientôt la foule se répandit sur le trottoir et s'étira jusque sur la route. La place était couverte par des rangées de chars à bancs et de Ford vénérables, qui avaient servi au transport des fermiers et de leurs familles. On riait, on criait, on plaisantait ; plusieurs dames, offusquées, se plaignirent de la grossièreté des jeunes gens, qui les bousculaient et ne cessaient de jurer; mais personne ne s'y arrêta. Près de l'entrée latérale, un groupe de gens de couleur s'était formé, et il semblait qu'ils s'amusaient plus que tout le monde. Chacun faisait de son mieux. C'est si calme, en général, dans notre coin : rien ne s'y passe. Sans risquer de se tromper, on peut dire que tout le comté de Wachata se trouvait là, sauf les invalides et Rufus McPherson. Je cherchai partout Pépin-de-Pomme, mais ne le vis nulle part.

Mr. Marshall toussota et frappa de ses mains pour attirer l'attention. Lorsque le tumulte s'apaisa et que l'atmosphère fut convenablement tendue, il éleva la voix à la manière d'un commissaire-priseur et cria :

— Maintenant, écoutez tous : dans cette enveloppe que j'ai là dans la main — il brandissait une enveloppe en papier bulle — eh bien ! c'est là-dedans que se trouve la réponse, et il n'y a jusqu'à présent personne qui la connaisse que Dieu et la Banque Nationale, ha ! ha ! Et dans ce livre — de sa main libre, il tenait le grand livre au-dessus de sa tête — j'ai noté toutes vos réponses. Quelqu'un a-t-il une question à poser ?

Silence complet.

— Bon. Maintenant, si quelqu'un voulait bien s'approcher...

Personne ne bougea : on eût dit qu'une invincible timidité s'était abattue sur la foule; même ceux qui d'habitude se faisaient naturellement valoir se dandinaient d'un pied sur l'autre et paraissaient horriblement gênés. C'est alors qu'une voix perça le silence : celle de Pépin-de-Pomme :

— Laissez-moi passer; faites-moi de la place, s'il vous plaît, madame.

Il se fraya un chemin à coups de coude, et derrière lui trottaient Middy et un type efflanqué, aux yeux endormis, qui ne pouvait être que le frère violoniste. Pépin-de-Pomme portait le même costume que les autres jours, mais sa figure, soigneusement lavée, était rose et propre, et ses cheveux, lissés en arrière avec du fixateur, étaient collés à son crâne.

— Est-ce que nous sommes à l'heure? demanda-t-il, haletant.

— Alors, c'est toi notre volontaire? lui dit Mr. Marshall.

Pépin-de-Pomme sembla abasourdi, puis hocha vigoureusement la tête.

— Quelqu'un s'oppose-t-il à ce jeune homme?

De nouveau ce fut le silence absolu. Mr. Marshall tendit l'enveloppe à Pépin-de-Pomme, qui l'accepta calmement. Il la considéra un moment, tout en se mordant légèrement la lèvre inférieure, puis la décacheta.

Parmi tout ce public on n'entendait aucun bruit, si ce n'est une toux de temps à autre, et le tintement étouffé de la clochette de Mr. R.C. Judkins. Hamurabi, adossé au bar, fixait le plafond des yeux. Middy, qui regardait d'un air gêné par-dessus l'épaule de son frère, laissa échapper un petit soupir douloureux, lorsqu'il se mit à déchirer l'enveloppe.

Pépin-de-Pomme retira une feuille de papier rose, et, la tenant entre ses doigts comme un objet d'une grande fragilité, se murmura à lui-même ce qui s'y trouvait écrit. Soudain ses joues pâlirent et des larmes scintillèrent dans ses yeux.

— Alors quoi, vas-y, môme ! cria quelqu'un.

Hamurabi s'avança et lui arracha presque la feuille des mains. S'étant éclairci la voix, il s'apprêtait à lire, lorsque son expression se modifia le plus comiquement du monde.

— Vrai, ça alors, Seigneur Dieu ! dit-il.

— Plus fort ! Plus fort ! hurla un groupe de mécontents.

— Bande d'escrocs ! glapit Mr. R.C. Judkins, qui avait un petit coup dans le nez, y a quelque chose de louche là-dedans, et même de bigrement louche.

A ces mots une tempête de sifflements et de huées fendit l'air.

Le frère de Pépin-de-Pomme se retourna et montra le poing :

— Fermez-la, hein ! sinon vous verrez vos sacrées caboches, si je les cognerai les unes contre les autres jusqu'à ce que ça fasse des bosses grosses comme des citrouilles, compris ?

— Citoyens, cria Mawes, le maire, citoyens, écoutez-moi, voyons, c'est aujourd'hui Noël, écoutez-moi...

Mr. Marshall, qui trépignait sur une chaise, frappa dans ses mains et tapa du pied jusqu'à ce qu'un minimum d'ordre fût rétabli. Autant dire tout de suite ce que nous ne découvrîmes que plus tard : Rufus McPherson avait payé Mr. R.C. Judkins pour provoquer le grabuge. Quoi qu'il en soit, lorsque les remous furent apaisés, il se trouva, par je ne sais quelle suite de hasards, que j'étais en possession de la feuille.

Sans plus réfléchir, je hurlai :

— Soixante-dix-sept dollars, trente-cinq *cents* !

Bien sûr, avec tout ce tumulte, je ne compris pas tout de suite : ce n'était qu'un chiffre. Le frère de Pépin-de-Pomme poussa alors un cri tonitruant, et je réalisai. Le nom du gagnant fut en un clin d'œil sur toutes les lèvres, et il y eut dans la foule comme une tempête de murmures angoissés.

Oh ! Pépin-de-Pomme faisait peine à voir. Il pleurait comme s'il avait reçu quelque blessure mortelle, mais lorsque Hamurabi le hissa sur ses épaules pour que tout le monde pût le voir, il sécha ses larmes avec la manche de son chandail et se mit à rire.

— Sorcier, sale sorcier ! hurla Mr. R.C. Judkins, mais sa voix fut submergée par un tonnerre d'applaudissements assourdissant.

Middy me saisit le bras :

— Mes dents, cria-t-elle, je les aurai, mes dents !

— Vos dents ? fis-je, comme hébété.

— Oui, les fausses, dit-elle, c'est ça qu'on va se payer avec l'argent, une jolie rangée de fausses dents bien blanches !

Mais, à cet instant, la seule chose qui m'intéressait, c'était de savoir comment Pépin-de-Pomme avait trouvé la réponse.

— Hé, raconte-moi, dis-je d'un ton désespéré, raconte-moi, comment diable a-t-il fait pour savoir qu'il y avait exactement soixante-dix-sept dollars, trente-cinq *cents* ?

Middy me jeta un de ces coups d'œil !

— Ben, j'croyais qu'il vous l'avait expliqué, dit-elle tout à fait sérieusement, il a compté.

— Oui, mais comment ? comment ?

— Ben quoi ! vous ne savez même pas compter ?

— Mais... il n'a rien fait d'autre ?

— Oh! dit-elle après avoir réfléchi quelques instants, il a fait une petite prière aussi.

Elle s'éloigna; après quelques pas, elle se retourna et cria :

— Et puis, il était né coiffé!

Et personne ne put jamais en savoir plus pour percer le mystère. Plus tard, s'il vous arrivait de demander à Pépin-de-Pomme : « Alors, comment tu t'y es pris? » il souriait bizarrement et parlait d'autre chose. Plusieurs années après, lui et sa famille s'en allèrent quelque part en Floride, et on n'entendit plus parler d'eux.

Mais, dans notre ville, sa légende fleurit toujours; et jusqu'à sa mort, l'année dernière, Mr. Marshall était invité, tous les Noëls, à raconter l'histoire de Pépin-de-Pomme devant la classe d'instruction biblique de l'école baptiste. Un jour, Hamurabi fit taper un compte rendu et l'envoya à différents magazines. Il ne fut jamais imprimé. Un directeur écrivit dans sa réponse : « Si la petite fille devenait vraiment une étoile de cinéma, on pourrait faire quelque chose de votre histoire. » Mais il n'en fut rien, alors pourquoi mentir?

(Traduit par S. Doubrovsky.)

MIRIAM

Depuis plusieurs années, Mrs. H.T. Miller occupait seule un agréable appartement (deux pièces et une petite cuisine) dans une vieille maison modernisée, prés de East River. Elle était veuve : Mr. H.T. Miller lui avait laissé une assurance très convenable. Peu de choses l'intéressaient, elle n'avait pour ainsi dire pas d'amis, et elle ne s'aventurait guère au-delà de l'épicerie du coin. Les autres locataires de la maison ne semblaient jamais la remarquer : elle s'habillait d'une façon quelconque. Elle avait des cheveux gris, coupés court et ondulés un peu au hasard ; elle ne se fardait point et avec son visage banal elle passait complètement inaperçue. Elle venait d'entrer dans sa soixante-deuxième année. Ses actes manquaient le plus souvent de spontanéité : ses deux pièces étaient immaculées, à l'occasion elle fumait une cigarette, elle préparait elle-même ses repas et s'occupait avec tendresse d'un canari.

Et puis, elle rencontra Miriam. Il neigeait ce soir-là. Mrs. Miller, après avoir essuyé sa vaisselle, feuilletait un journal, édition de midi, quand ses yeux tombèrent sur l'annonce d'un film qui passait dans un cinéma du quartier. Le titre était alléchant. Elle mit péniblement son manteau de castor, laça ses bottes, et sortit de l'appartement en y laissant la lampe du vestibule allumée. Rien ne lui était plus désagréable que la sensation d'obscurité.

La neige tombait, calme et fine, sans laisser encore de traces sur les pavés. Le vent qui soufflait de la rivière ne coupait le visage qu'au tournant des rues. Mrs. Miller se hâtait, tête baissée, aussi absorbée qu'une taupe creusant ses tunnels aveugles. Elle s'arrêta à un *drugstore*, acheta des pastilles de menthe.

On faisait queue devant le guichet des billets. Mrs. Miller se mit tout au bout. Une voix fatiguée annonça qu'il faudrait attendre un peu car la salle était comble. Mrs. Miller fouilla dans son sac de cuir jusqu'à ce qu'elle eût trouvé la somme exacte dont elle avait besoin pour payer sa place. La queue n'avançait guère et, comme elle regardait autour d'elle pour s'occuper, elle remarqua soudain une petite fille debout sous la marquise.

Mrs. Miller n'avait jamais vu de cheveux aussi longs et aussi étranges : ils étaient blancs d'argent, comme des cheveux d'albinos. Ils descendaient en longues lignes soyeuses jusqu'à la taille de l'enfant. Elle était mince, frêle. Dans sa façon de se tenir, les mains dans les poches de sa veste en velours prune, il y avait une élégance toute simple et très particulière.

Mrs. Miller se sentit étrangement troublée, et quand la petite fille tourna les yeux vers elle, elle lui sourit cordialement. La petite fille s'approcha et dit :

— Voudriez-vous me rendre un service ?

— Mais avec plaisir, si je le puis, dit Mrs. Miller.

— Oh, rien de plus facile ! Je voudrais simplement que vous me preniez ma place, sans ça on me refusera l'entrée. Tenez, voici l'argent.

Et d'un geste gracieux, elle tendit à Mrs. Miller deux pièces de dix *cents* et une pièce de cinq.

Elles pénétrèrent ensemble dans le théâtre. Une ouvreuse les conduisit jusqu'au foyer ; le film serait terminé dans vingt minutes.

— J'ai l'impression d'avoir commis un véritable crime, dit Mrs. Miller gaiement en s'asseyant. Je veux dire que, une chose comme ça, c'est contraire à la loi, n'est-ce pas ? J'espère n'avoir rien fait de mal. Votre maman sait où vous êtes, n'est-ce pas ? Elle le sait, mon enfant ?

La petite fille ne répondit pas. Elle déboutonna son manteau et le plia sur ses genoux. Elle portait une jolie robe bleu foncé. Une chaîne d'or lui pendait au cou et, de ses doigts sensibles, presque musicaux, elle s'en amusait. Après l'avoir examinée plus attentivement, Mrs. Miller finit par conclure que ce qu'elle avait de plus remarquable, ce n'était pas les cheveux, mais les yeux. Ils étaient couleur noisette, fixes, sans rien d'enfantin, et ils étaient si grands qu'ils lui mangeaient tout son petit visage.

Mrs. Miller lui offrit une pastille de menthe :

— Comment vous appelez-vous, ma petite fille ?

— Miriam, dit-elle, comme si, assez curieusement, c'était là un renseignement familier.

— Ah ! par exemple, voilà qui est drôle ! Je m'appelle Miriam, moi aussi. Et pourtant ce n'est pas un nom tellement commun. Vous n'allez pas me dire que votre nom de famille est Miller !

— Rien que Miriam.
— Comme c'est drôle !
— Oh ! sans excès, dit Miriam en faisant rouler la pastille sur sa langue.
Mrs. Miller rougit et s'agita, mal à l'aise.
— Vous avez un vocabulaire très étendu pour une si petite fille.
— Vraiment ?
— Mais oui, dit Mrs. Miller en se hâtant de changer de conversation. Vous aimez le cinéma ?
— Je ne pourrais vraiment pas le dire, dit Miriam. C'est la première fois que j'y vais.
Des femmes commençaient à envahir le foyer. Au loin, les bombes des « Actualités » explosaient. Mrs. Miller se leva en serrant son sac sous son bras.
— Il faut que je me dépêche si je veux trouver une place, dit-elle, je suis bien contente de vous avoir rencontrée.
Miriam acquiesça d'un léger signe de tête.

*

Il neigea toute la semaine. Les roues et les pas circulaient sans bruit dans la rue, comme si l'agitation de la vie continuait secrètement derrière un rideau pâle, mais impénétrable. Dans la descente de cette paix, il n'y avait ni ciel ni terre, rien que la neige que le vent fouettait, de la neige qui givrait les fenêtres, glaçait les chambres, étouffait, atténuait les bruits de la ville. Il fallait laisser les lampes allumées à toute heure et Mrs. Miller perdit la notion du temps : le vendredi fut comme le samedi et, le dimanche, elle alla à l'épicerie, qu'elle trouva fermée, naturellement.
Ce soir-là, elle se fit des œufs brouillés et de la

soupe à la tomate. Puis, après avoir revêtu sa robe de chambre en flanelle, et s'être enduit le visage de cold-cream, elle s'assit dans son lit, bien calée sur des oreillers, une boule d'eau chaude aux pieds. Elle lisait le *Times* quand le timbre de la porte sonna. Tout d'abord elle crut que c'était une erreur et que la personne s'en irait. Mais le timbre se remit à sonner, sonner sans arrêt. Elle regarda la pendule : il était un peu plus de onze heures ; c'était à peine croyable, elle qui était toujours endormie vers dix heures.

Elle se leva et traversa pieds nus le salon.

— J'arrive, un peu de patience.

La serrure était brouillée ; elle essayait d'un côté, de l'autre et le timbre n'arrêtait pas.

— Assez ! cria-t-elle.

Le verrou céda et elle entrouvrit la porte de quelques centimètres.

— Comment ? Ça, par exemple !

— Bonjour, dit Miriam.

— Oh...hm, bonjour, dit Mrs. Miller en s'avançant avec un peu d'hésitation dans le vestibule. Vous êtes la petite fille...

— Je pensais que vous ne vous décideriez jamais à ouvrir, mais j'ai gardé le doigt sur le bouton. Je savais que vous étiez chez vous. Vous n'êtes pas contente de me voir ?

Mrs. Miller ne savait que dire. Elle vit que Miriam portait le même paletot de velours prune, mais elle avait en plus un béret pour compléter l'ensemble ; ses cheveux formaient deux tresses brillantes que nouaient, au bout, d'énormes rubans blancs.

— Après m'avoir fait attendre si longtemps, vous pourriez tout au moins m'inviter à entrer, dit-elle.

— C'est qu'il est bien tard.

Miriam la regarda d'un air étonné :

— Qu'est-ce que ça fait ? Laissez-moi entrer. Il fait froid ici et j'ai une robe de soie.

Puis, d'un simple geste, elle écarta Mrs. Miller et entra dans l'appartement.

Elle laissa tomber son paletot et son béret sur une chaise. En effet, elle portait une robe de soie, de soie blanche. Soie blanche en février. La jupe était merveilleusement plissée et les manches étaient longues. Le tout bruissait doucement quand elle marchait dans la chambre.

— J'aime beaucoup votre appartement, dit-elle. J'aime le tapis ; le bleu est ma couleur favorite.

Elle toucha une rose en papier dans un vase sur une petite table.

— Artificielle ? remarqua-t-elle froidement. Que c'est triste. Vous ne trouvez pas que tout ce qui est artificiel est triste ?

Elle s'assit sur le divan, et étala soigneusement sa jupe.

— Que voulez-vous ? demanda Mrs. Miller.

— Asseyez-vous donc, dit Miriam. Rien ne m'énerve comme de voir les gens rester debout.

Mrs. Miller s'effondra sur un pouf.

— Que voulez-vous ? répéta-t-elle.

— J'ai l'impression que vous n'êtes pas très contente de me voir.

Pour la seconde fois, Mrs. Miller ne sut que répondre ; sa main fit un geste vague. Miriam en riant doucement se blottit contre un tas de coussins en chintz. Mrs. Miller remarqua que la petite fille était moins pâle qu'elle ne se le figurait ; elle avait les joues en feu.

— Comment avez-vous trouvé mon adresse?

Miriam fronça les sourcils :

— En voilà une question! Comment vous appelez-vous? Et moi, comment est-ce que je m'appelle?

— Mais je ne suis pas dans l'annuaire du téléphone.

— Oh! parlons donc d'autre chose.

Mrs. Miller dit :

— Il faut que votre mère soit folle pour laisser une enfant de votre âge se promener comme ça à toutes les heures de la nuit... et dans cette toilette ridicule. Elle doit avoir complètement perdu la tête.

Miriam se leva et alla dans le coin de la chambre où une cage recouverte d'un morceau d'étoffe pendait à une chaîne. Elle souleva le drap :

— C'est un serin, dit-elle. Ça vous ennuierait, si je le réveillais? Je voudrais l'entendre chanter.

— Laissez Tommy tranquille, dit Mrs. Miller, inquiète. Ne vous avisez pas de le réveiller.

— Non, certainement, dit Miriam. Mais je ne vois pas pourquoi je ne pourrais pas l'entendre chanter. Puis elle ajouta : Vous n'auriez pas quelque chose à me donner à manger? J'ai une faim de loup. Rien qu'un peu de lait et une tartine de confiture, ça serait parfait.

— Écoutez, dit Mrs. Miller en se levant, si je vous fais de bonnes petites tartines, est-ce que vous rentrerez chez vous, comme une gentille petite fille? Je suis sûre qu'il est plus de minuit.

— Il neige, dit Miriam d'un ton de reproche, il fait froid et noir.

— Pour commencer, dit Mrs. Miller en s'efforçant de contrôler sa voix, vous n'auriez pas dû venir ici.

Ce n'est tout de même pas ma faute s'il fait mauvais. Si vous voulez que je vous donne quelque chose à manger, il faut que vous me promettiez de partir.

Miriam écarta une de ses tresses qui lui frôlait le visage. Elle avait un regard pensif, comme si elle réfléchissait à la proposition. Elle se tourna vers la cage de l'oiseau.

— Très bien, dit-elle. Je promets.

Quel âge a-t-elle ? Dix ans ? Onze ans ? Mrs. Miller, dans la cuisine, ouvrit un pot de confiture de fraises et coupa quatre tartines de pain. Elle emplit un verre de lait et s'arrêta pour allumer une cigarette. *Et pourquoi est-elle venue ?* Fascinée, elle tenait l'allumette d'une main tremblante et finit par se brûler le doigt. Le canari chantait — il chantait comme il chantait tous les matins, mais jamais à un autre moment de la journée.

— Miriam, cria-t-elle, Miriam, je vous avais dit de ne pas déranger Tommy.

Elle n'obtint pas de réponse. Elle appela de nouveau ; elle n'entendait que le canari. Elle aspira une bouffée de tabac et s'aperçut qu'elle avait allumé l'extrémité en liège de la cigarette et... Allons, du calme, il lui fallait maîtriser ses nerfs.

Elle apporta la collation sur un plateau qu'elle posa sur la table à thé. Elle vit tout de suite que la cage était toujours recouverte de sa housse. Et Tommy chantait. L'impression qu'elle en ressentit était étrange. Et il n'y avait personne dans la pièce. Mrs. Miller se dirigea vers une alcôve qui menait à sa chambre. Sur le pas de la porte, elle resta suffoquée.

— Qu'est-ce que vous faites ? demanda-t-elle.

Miriam leva les yeux. Son regard avait quelque

chose d'extraordinaire. Elle était debout près de la commode, un coffret à bijoux ouvert devant elle. Pendant un instant, elle observa Mrs. Miller, l'obligea à la regarder. Alors elle sourit :

— Tout ça ne vaut pas grand-chose, dit-elle. Mais j'aime ceci, elle tenait une broche en camée. C'est charmant.

— Je... je crois qu'il serait préférable que vous remettiez ce bijou à sa place, dit Mrs. Miller qui, brusquement, sentit le besoin d'un appui.

Elle s'adossa au chambranle de la porte; elle se sentait la tête effroyablement lourde et l'angoisse pesait sur les pulsations de son cœur. La lumière semblait vaciller.

— Je vous en prie, mon enfant, c'est un cadeau de mon mari...

— Mais c'est très joli et je le veux, dit Miriam. *Donnez-le-moi*.

Tout en cherchant une phrase qui pût sauver sa broche, Mrs. Miller se rendit soudain compte qu'elle n'avait personne pour lui venir en aide. Elle était seule; il y avait longtemps que cette pensée ne l'avait pas effleurée. Elle la frappait maintenant avec une terrible intensité. Dans sa propre chambre, dans la ville muette sous la neige, il y avait des évidences qu'elle ne pouvait pas ne pas voir et auxquelles (elle s'en rendait compte avec une clarté stupéfiante) elle ne pouvait résister.

Miriam mangeait voracement, et quand elle eut fini son lait et ses tartines, elle fit avec ses doigts sur le fond de l'assiette des mouvements d'araignée, pour ramasser les miettes. Le camée étincelait sur son corsage. Le blond profil qui s'y dessinait semblait le reflet de celle qui le portait.

— C'était très bon, dit-elle avec un soupir, mais maintenant un gâteau aux amandes ou une cerise serait l'idéal. J'aime beaucoup les friandises, pas vous?

Assise sur le bord du pouf, Mrs. Miller fumait une cigarette. Sa résille lui avait glissé sur l'oreille et des mèches folles pendaient sur sa figure. D'un air stupide, elle regardait fixement dans le vague et ses joues étaient marbrées de rouge, comme si un soufflet vigoureux y avait laissé une trace indélébile.

— Vous n'auriez pas un bonbon... un gâteau?

Mrs. Miller laissa tomber des cendres sur le tapis. Sa tête vacillait un peu tandis qu'elle essayait de stabiliser son regard.

— Vous avez promis de partir si je vous donnais des tartines, dit-elle.

— Ah! mon Dieu, est-ce vrai?

— C'était une promesse, et je suis fatiguée et je ne me sens pas bien du tout.

— Ne vous inquiétez pas, dit Miriam, c'était pour rire.

Elle prit son paletot, le jeta sur son bras et mit son béret devant le miroir. Elle se pencha alors vers Mrs. Miller et murmura :

— Embrassez-moi.

— Non... je vous en prie... je préfère..., dit Mrs. Miller.

Miriam haussa une épaule, leva un sourcil :

— Comme vous voudrez, dit-elle.

Puis, allant droit à la table à thé, elle saisit le vase de roses artificielles, le porta à un endroit où la surface du plancher était dure et nue et le laissa tomber violemment. Des éclats de verre volèrent de tous côtés. D'un coup de pied, elle écrasa le bouquet.

Ensuite, elle se dirigea vers la porte, mais, avant de la refermer, elle se retourna vers Mrs. Miller et la regarda avec une sorte de curiosité innocente et perverse.

Mrs. Miller passa toute la journée du lendemain au lit. Elle ne se leva que pour donner à manger à son canari et pour boire une tasse de thé; elle prit sa température. Elle était normale, et pourtant ses rêves étaient fiévreusement agités. Ils s'attardaient, désordonnés et fous, même lorsque, étendue sur le dos, elle contemplait le plafond avec de grands yeux fixes. Un rêve passait parmi les autres, ainsi qu'un thème furtif et mystérieux dans une symphonie compliquée, et les scènes qu'il évoquait avaient des contours précis, comme tracés par une main experte dans la fermeté du trait : une petite fille vêtue d'une robe de mariée et couronnée d'une guirlande de feuilles descendait en tête d'une procession grise un chemin de montagne. Un silence étrange régnait, quand soudain, une femme, en queue de la file, demanda :

— Où nous conduit-elle?

— Personne ne le sait, dit un vieillard qui marchait au premier rang.

— Mais n'est-ce pas qu'elle est jolie? hasarda un troisième, n'est-ce pas qu'on dirait une fleur de givre... si blanche, si étincelante?

Le mardi matin, quand elle se réveilla, Mrs. Miller se sentit mieux. Le soleil, qui glissait en lamelles incisives à travers les jalousies, noyait dans sa lumière les visions malsaines. Elle ouvrit la fenêtre et s'aperçut que le jour avait la tiédeur du printemps et qu'il dégelait; une traînée de nuages nouveaux, bien propres, se pressait contre un vaste ciel bleu hors de saison ; et par-delà la ligne basse des toits, elle apercevait la rivière et la fumée d'un remorqueur qui montait en volutes dans la brise tiède. Dans un grand bourdonnement de moteur, un grand camion d'argent labourait la rue bordée d'un tas de neige.

Après avoir fait son ménage, Mrs. Miller se rendit chez l'épicier, toucha un chèque, et s'achemina vers un restaurant Schrafft où elle prit son petit déjeuner en causant gaiement avec la serveuse. Oh ! quelle merveilleuse journée... un vrai jour de vacances !... Ce serait ridicule de rentrer chez soi.

Elle prit un autobus à Lexington Avenue et remonta jusqu'à la Soixante-sixième Rue. C'est là qu'elle avait décidé de faire quelques emplettes.

Elle n'avait pas la moindre idée de ce qu'elle voulait ou de ce dont elle pouvait avoir besoin, mais elle flânait, intéressée seulement par les passants rapides et absorbés qui lui donnaient une sensation troublante de solitude.

C'est tandis qu'elle attendait au coin de la Troisième Avenue qu'elle vit l'homme, un vieillard bancal, courbé sur une brassée de gros paquets ; il portait un veston usagé et une casquette à carreaux. Brusquement, elle s'aperçut qu'ils échangeaient des sourires ; il n'y avait rien d'amical dans ces sourires, simplement deux froids éclairs de reconnaissance. Mais elle était certaine qu'elle ne l'avait jamais vu de sa vie.

Il était debout près d'un des piliers du tramway aérien et, comme elle traversait la rue, il fit demi-tour et la suivit. Il restait tout près d'elle ; du coin de l'œil, elle suivait son reflet mouvant dans les vitrines.

Puis, entre deux rues, elle s'arrêta et le regarda bien en face. Il s'arrêta aussi et pencha la tête en souriant. Mais que pouvait-elle dire, ou faire ? Là, en plein jour dans la Soixante-sixième Rue ? Il n'y avait rien à faire et, honteuse de son impuissance, elle hâta le pas.

Il faut avouer que la Deuxième Avenue est une rue déprimante, faite de pièces et de morceaux ; ici des pavés, là de l'asphalte, un peu plus loin du ciment ; et son air d'abandon est permanent. Mrs. Miller traversa cinq rues sans rencontrer personne, et tout le temps le chuintement régulier des pas sur la neige la talonnait. Et quand elle arriva devant la boutique d'un fleuriste, le son l'accompagnait toujours. Elle se hâta d'entrer et, à travers la porte vitrée, elle regarda passer le vieillard ; il passa sans ralentir le pas, le regard fixé droit devant lui, et pourtant il fit un geste étrange, révélateur : il porta la main à sa casquette.

— Pardon, vous avez dit six blanches ? demanda la fleuriste.

— Oui, dit-elle, des roses blanches.

De là, elle se rendit dans un magasin de verrerie et choisit un vase, sans doute pour remplacer celui que Miriam avait cassé. Et cependant le prix en était scandaleux et le vase lui-même (pensa-t-elle) grotesquement vulgaire. Mais toute une série d'achats inattendus venait de commencer, comme d'après un plan préconçu — plan dont elle n'avait pas la moindre notion et qu'elle ne pouvait contrôler.

Elle acheta une poche de cerises confites et, dans une boulangerie appelée Knickerbocker, elle paya six gâteaux aux amandes quarante *cents*.

Depuis une heure, le temps s'était remis au froid ;

des nuages d'hiver, tels des verres dépolis, jetaient une ombre sur le soleil, et une ébauche de crépuscule colorait le ciel; une brume humide mêlée au vent et aux voix de quelques enfants qui jouaient, perchés sur des montagnes de neige, semblait triste et solitaire. Bientôt le premier flocon apparut et quand Mrs. Miller atteignit sa maison en pierre brune, la neige tombait comme un rideau rapide. A peine formées, les empreintes des pas disparaissaient.

Les roses blanches furent arrangées artistiquement dans un vase. Les cerises confites brillèrent sur une assiette de céramique. Les gâteaux aux amandes saupoudrés de sucre n'attendaient plus qu'une main. Le canari battait des ailes et picorait des graines.

A cinq heures précises, le timbre de la porte sonna. Mrs. Miller savait qui c'était. L'ourlet de sa robe d'intérieur traîna par terre quand elle traversa la chambre.

— Est-ce vous? cria-t-elle.

— Naturellement, dit Miriam.

Le mot sur le palier avait un son perçant.

— Ouvrez cette porte!

— Allez-vous-en, dit Mrs. Miller.

— Dépêchez-vous, je vous en prie... J'ai un paquet très lourd.

— Allez-vous-en, dit Mrs. Miller.

Elle revint dans le salon, alluma une cigarette, s'assit et calmement écouta la sonnette. Elle vibrait sans une seconde d'arrêt.

— Vous feriez aussi bien de partir. Je n'ai nullement l'intention de vous laisser entrer.

Peu après la sonnette s'arrêta. Pendant environ dix

minutes, Mrs. Miller ne bougea pas. Puis, n'entendant plus rien, elle conclut que Miriam était partie. Elle alla sur la pointe des pieds jusqu'à la porte qu'elle entrebâilla à peine. Miriam, une magnifique poupée française dans les bras, était à demi étendue sur une boîte en carton.

— Vraiment, je commençais à croire que vous ne viendriez jamais, dit-elle avec un air pincé. Allez, aidez-moi à porter ça, c'est très lourd.

Ce que Mrs. Miller ressentit était bien moins l'impulsion de quelqu'un à qui on a jeté un sort qu'une curiosité passive; elle prit le carton, et Miriam porta la poupée. Miriam se blottit sur le sofa sans même prendre la peine d'enlever son paletot et son béret. D'un air indifférent, elle regardait Mrs. Miller qui, debout, tremblante, essayait de reprendre haleine après s'être débarrassée de la boîte.

— Merci, dit-elle.

A la lumière du jour, elle avait l'air fatiguée, les traits tirés. Ses cheveux avaient perdu leur luminosité. La poupée française qu'elle cajolait portait une exquise perruque poudrée et ses yeux de verre au regard idiot cherchaient à se poser sur ceux de Miriam.

— J'ai une surprise, continua-t-elle. Regardez dans le carton.

Mrs. Miller s'agenouilla, souleva le couvercle et sortit une autre poupée, puis le costume bleu qu'elle se rappelait avoir vu sur Miriam le soir où, pour la première fois, elle l'avait rencontrée au cinéma. Quant au reste, elle dit :

— Il n'y a plus que du linge. Pourquoi?

— Parce que je viens habiter avec vous, dit Miriam, en tordant une queue de cerise. Que vous êtes gentille de m'avoir acheté des cerises !

— Mais c'est impossible ! Pour l'amour de Dieu, partez... allez-vous-en et laissez-moi en paix !

— ... et les roses et les gâteaux aux amandes ! Vous êtes trop généreuse, vraiment. Vous savez, ces cerises sont délicieuses. La dernière personne chez qui j'ai habité était un vieux monsieur ; il était très, très pauvre, et nous n'avions jamais rien de bon à manger. Mais je crois qu'ici je serai très heureuse.

Elle s'arrêta pour presser sa poupée.

— Maintenant, si vous voulez bien me montrer où je puis ranger mes affaires...

Le visage de Mrs. Miller se décomposa en un masque de vilaines lignes rouges ; elle se mit à pleurer, mais d'une manière anormale, sans larmes, comme si, n'ayant pas pleuré depuis longtemps, elle ne savait plus comment faire. Prudemment, elle recula, petit à petit, jusqu'à toucher la porte.

Elle traversa l'antichambre à tâtons et descendit un étage. Elle frappa comme une folle à la porte du premier appartement qui se présenta devant elle ; un petit homme roux ouvrit. Elle l'écarta d'une bourrade et entra.

— Eh là, en voilà des manières ! dit-il.

— Qu'est-ce qu'il y a de cassé, mon trésor ? demanda une jeune femme qui apparut à la porte de la cuisine en s'essuyant les mains.

C'est vers elle que se tourna Mrs. Miller.

— Écoutez, cria-t-elle, j'ai vraiment honte de me conduire ainsi, mais... voilà, je suis Mrs. H.T. Miller et j'habite à l'étage au-dessus...

Elle se cacha le visage dans les mains...

— Ça a l'air si absurde...

La femme la fit asseoir sur une chaise, tandis que l'homme, nerveusement, faisait tinter l'argent qu'il avait dans sa poche.

— Alors ?

— J'habite à l'étage au-dessus et il y a une petite fille qui est venue me voir, et je dois admettre qu'elle me fait peur. Elle ne veut pas s'en aller et je ne peux pas l'y forcer et... elle va faire quelque chose d'horrible. Elle m'a déjà volé mon camée, mais elle est sur le point de faire quelque chose de pire... quelque chose d'épouvantable !

L'homme demanda :

— C'est une de vos parentes ?

Mrs. Miller secoua la tête.

— Je ne sais pas qui c'est. Elle s'appelle Miriam, mais je ne sais pas exactement qui c'est.

— Faut vous calmer, ma petite dame, dit la femme en caressant le bras de Mrs. Miller. Harry va s'occuper de la gosse. Allons, va, trésor.

Et Mrs. Miller dit :

— La porte est ouverte... appartement 5-A.

Quand l'homme fut parti, la femme apporta une serviette et baigna le visage de Mrs. Miller.

— Vous êtes bien bonne, dit Mrs. Miller. Je suis désolée de me conduire ainsi, comme une sotte, mais cette affreuse enfant...

— Mais oui, dit la femme pour la consoler, calmez-vous, voyons.

Mrs. Miller posa sa tête sur son bras replié ; elle restait si tranquille qu'on eût pu la croire endormie. La femme ouvrit la radio ; un piano et une voix rauque emplirent le silence, et la femme, frappant du pied, battait très exactement la mesure.

— Nous ferions peut-être bien de monter aussi, dit-elle.

— Je ne veux pas la revoir. Je ne veux même pas m'approcher d'elle.

— Vous n'savez pas ce que vous auriez dû faire, vous auriez dû appeler un flic.

Bientôt elles entendirent les pas de l'homme dans l'escalier. Il entra dans la chambre, les sourcils froncés, en se grattant la nuque.

— Y a personne, dit-il, sincèrement embarrassé. Elle doit avoir foutu le camp.

— Harry, tu en as de bonnes ! dit la femme. Nous n'avons pas bougé d'ici, et nous aurions bien vu...

Elle s'arrêta brusquement devant le regard aigu de l'homme.

— J'ai regardé partout, dit-il, et il n'y a personne. Personne, vous entendez bien ?

— Dites-moi, dit Mrs. Miller en se levant, dites-moi, avez-vous vu un grand carton... ou une poupée ?

— Non, ma'am. J'ai rien vu.

Et la femme, en guise de conclusion, prononça :

— Ben ça, par exemple...

Mrs. Miller rentra chez elle sans faire de bruit ; elle alla jusqu'au milieu de la pièce et resta debout sans bouger. Non, en apparence, rien n'avait changé : les roses, les gâteaux, les cerises étaient à leur place. Mais c'était une chambre vide, plus vide que si les meubles, les objets familiers n'avaient pas été là, une chambre sans vie, pétrifiée comme un dépositoire. Le sofa devant elle avait quelque chose d'étrange : vide, sans personne dessus, il prenait un sens plus pénétrant, plus terrible que si Miriam y eût été blottie. Mrs. Miller regarda fixement l'endroit où elle se rappelait avoir posé le carton, et le pouf se mit à tournoyer éperdument. Elle regarda par la fenêtre; sûrement la rivière était réelle, sûrement la neige tourbillonnait. Mais comment être sûre de rien: Miriam, si clairement *là*... et pourtant, où était-elle? Où? Où?

Comme en rêve elle se laissa tomber sur une chaise. La chambre perdait sa forme; il faisait noir et l'obscurité augmentait sans cesse, et elle n'y pouvait rien : elle ne pouvait pas lever la main pour allumer la lampe.

Soudain, fermant les yeux, elle se sentit soulevée, comme un plongeur qui remonte d'abîmes plus verts, plus profonds. Dans les instants de terreur, ou dans une immense détresse, il arrive que l'esprit attende comme une révélation, tandis qu'un voile de calme se tisse sur la pensée; c'est une espèce de sommeil, ou de transe surnaturelle; et pendant cette accalmie on est conscient du pouvoir de raisonner de sang-froid: au fait, avait-elle jamais connu une petite fille du nom de Miriam? Si elle avait tout simplement eu peur dans la rue? Après tout, comme toute chose, cela n'avait guère d'importance. Miriam ne lui avait dérobé que son identité, mais maintenant elle savait qu'elle avait retrouvé la personne qui habitait dans cette chambre, qui faisait elle-même sa cuisine, qui possédait un canari, qui était quelqu'un en qui elle pouvait croire, avoir confiance: Mrs. H.T. Miller.

Elle tendait l'oreille, toute heureuse, et voilà qu'elle entendit un double bruit: un tiroir de commode qu'on ouvrait et refermait ; il lui sembla l'entendre encore longtemps après qu'il eut cessé... ouvert, fermé. Puis, peu à peu, la dureté de ce bruit céda la place à un frôlement de soie, et ce murmure ténu, à peine perceptible, s'approchait, enflait jusqu'à faire vibrer les murs sous ses ondes, jusqu'à faire chavirer la chambre sous une vague de bruissements. Mrs. Miller se raidit. Les yeux grands ouverts, hagards, elle fixait un point, droit devant elle.

— Bonjour, dit Miriam.

(Traduit par Maurice Edgar Coindreau.)

L'ÉPERVIER SANS TÊTE

Ils ont été rebelles à la lumière; ils n'ont point connu les voies de Dieu et ils ne sont point revenus par ses sentiers. Ils percent les maisons dans les ténèbres à l'heure qu'ils s'étaient donnée pendant le jour, et ils n'ont point connu la lumière. Si l'aurore paraît tout d'un coup, ils croient que c'est l'ombre de la mort, et ils marchent dans les ténèbres comme dans le jour.

Job XXIV : 13, 16, 17.

Vincent éteignit les lampes dans la galerie. Il sortit, ferma la porte à clé, ajusta le bord de son élégant panama et, frappant le pavé du bout de son parapluie, se dirigea vers la Troisième Avenue. Dès les premières lueurs de l'aube, une menace de pluie avait obscurci le jour, et un ciel tout gonflé de nuages estompait le soleil de cinq heures. Il faisait chaud pourtant, humide comme une buée tropicale, et les voix qui emplissaient la rue grise de juillet prenaient des sonorités étranges, étouffées, vibraient d'échos tourmentés. Vincent avait l'impression de marcher au fond de la mer. Les autobus qui longeaient la Cinquante-septième Rue ressemblaient à des poissons au ventre vert, et des visages surgissaient, balancés comme des masques sur la crête des vagues. Il cherchait quelqu'un, dévisageait tous les passants, et brusquement il l'aperçut. Elle était là, debout, dans un imperméable vert, au coin de la Cinquante-septième Rue et de la Troisième Avenue. Elle fumait une cigarette et semblait fredonner un air. L'imperméable était transparent. Pieds nus dans une paire de sandales mexicaines, elle portait des pantalons de couleur sombre et une chemise d'homme blanche. Ses cheveux châtains étaient coupés comme ceux d'un garçon. Quand elle vit que Vincent traversait la rue pour aller vers elle, elle jeta sa cigarette et se dirigea rapidement vers la porte d'entrée d'un magasin d'antiquités.

Vincent ralentit le pas. Il tira un mouchoir de sa poche et s'épongea le front : que ne pouvait-il partir, aller au Cap Cod s'étendre au soleil. Il acheta un journal du soir et chercha la monnaie. Une pièce roula dans le ruisseau et silencieusement disparut dans une bouche d'égout. « Ça n'était jamais que cinq *cents* », dit le marchand, car Vincent, bien que ne s'étant pas aperçu de sa perte, semblait désespéré. Cela lui arrivait souvent depuis quelque temps. Il ne parvenait jamais à établir complètement le contact, incertain si le pas qu'il faisait le ferait avancer, reculer, monter ou descendre. Nonchalamment, le parapluie accroché au bras, les yeux fixés sur les en-têtes de son journal — que diable pouvaient-ils annoncer ? — il reprit sa marche. Une matrone noiraude, avec un filet à provisions, le bouscula et, le fulminant du regard, bredouilla avec véhémence un italien vulgaire. Sa voix en dents de scie semblait mordre dans plusieurs épaisseurs de laine. En approchant du magasin d'antiquités où attendait la jeune fille il ralentit le pas, compta un, deux, trois, quatre, cinq, six... A six il s'arrêta devant la vitrine.

La vitrine ressemblait à un coin de grenier; le rebut de toute une vie y dressait une pyramide sans valeur particulière : des cadres vides, une perruque mauve, des plats à barbe gothiques, des lampes à cabochons. Un masque oriental pendait au bout d'un fil, et l'air brassé par un ventilateur le faisait tourner lentement. Graduellement Vincent leva les yeux et regarda la fille bien en face. Elle s'attardait sur le seuil. A travers la double épaisseur de verre elle se déformait en ondulations vertes; le tramway aérien gronda au-dessus d'eux et la vitrine trembla. La silhouette de la jeune fille s'étira comme un reflet sur un objet d'argent, puis se stabilisa peu à peu : elle le surveillait.

Il mit une Old Gold entre ses lèvres, chercha une allumette et, n'en trouvant pas, poussa un soupir. La jeune fille s'approcha et lui tendit un briquet bon marché. Comme la flamme surgissait, ses yeux, verts comme des yeux de chat, pâles et sans profondeur, le fixèrent avec une intensité alarmante. Ces yeux avaient une expression surprise, effrayée, comme si, ayant un jour été témoins d'un événement terrible, ils étaient restés à jamais grands ouverts. Une frange lui recouvrait le front; et cette coupe de cheveux de petit garçon augmentait le caractère enfantin et presque poétique de son visage étroit aux joues creuses. C'était la sorte de visage qu'on voit parfois sur les portraits d'adolescents du moyen âge.

Vincent, sachant que toute question était inutile, exhalait la fumée par le nez tout en se demandant, comme toujours, où elle habitait et de quoi elle pouvait bien vivre. Il jeta sa cigarette dont, du reste, il n'avait jamais eu envie et, faisant demi-tour, traversa rapidement sous le tramway aérien. Comme il approchait du trottoir, il entendit un grincement de freins, et brusquement, comme si on venait de lui arracher du coton des oreilles, les bruits de la ville l'assaillirent. Un chauffeur de taxi hurlait :

— Alors, cré Bon Dieu ! la môme, vous pourriez pas vous grouiller un peu ?

Mais la jeune fille ne daigna même pas tourner la tête. Les yeux perdus, impassible comme une somnambule, le regard fixé sur Vincent qui la regardait ébahi, elle traversa la rue. Un jeune nègre vêtu d'un complet violet, style très « jazz », la prit par le coude.

— Vous êtes malade, miss ? dit-il en la guidant.

Elle ne répondit pas.

— Vous avez l'air tout drôle, miss. Si vous êtes malade, je...

Puis, suivant la direction de ses yeux, il lui lâcha le bras : il y avait là quelque chose qui lui pétrifiait l'intérieur.

— Oh... je vois, murmura-t-il.

Et il s'effaça avec un grand sourire de ses dents jaunes.

Alors Vincent se mit réellement à marcher, frappant le trottoir du bout de son parapluie comme pour s'exprimer, d'une rue à l'autre, en langage chiffré. La sueur qui trempait sa chemise lui irritait la peau, et les bruits, si agressifs maintenant, lui faisaient éclater la tête : klaxon à musique qui jouait

My Country, Tis of Thee, gerbes d'étincelles qui giclaient toutes bleues du tonnerre des rails, rires d'ivrognes hoquetés dans une odeur de bière par les portes ouvertes des bars où des gramophones mauves manufacturaient des airs américains : *I Got spurs that jingle, jangle, jingle*... De temps à autre, il l'apercevait furtivement, une fois reflétée dans la vitrine de *Paul's Seafood Palace* où des homards écarlates lézardaient sur une plage de glace pilée. Elle le suivait de près, les mains dans les poches de son imperméable. Les lumières cuivrées d'une marquise de cinéma scintillaient, et il se rappela qu'elle adorait le cinéma : les films policiers, les histoires d'espions, les aventures du Far-West. Il prit une rue transversale dans la direction de East River : le calme y régnait, quelque chose comme le repos du dimanche : un marin flânait mangeant un *eskimo*, deux jumelles infatigables sautaient à la corde, une vieille dame en velours, les cheveux d'un blanc de gardénia, soulevait son rideau de dentelles et regardait distraitement à travers l'obscurité pluvieuse — scène de ville en juillet. Et derrière lui, le clapotement doux, insistant des sandales. Les signaux rouges s'allumèrent sur la Deuxième Avenue ; au coin, un nain barbu, Ruby, le marchand de maïs grillé, chantonnait :

— Maïs chaud, grand sac, hé ?

Vincent secoua la tête et le nain parut tout décontenancé, puis :

— Vous voyez ? dit-il en poussant sa petite pelle à l'intérieur de la cage illuminée où les grains de maïs éclataient, dansant comme des papillons fous, vous voyez, la petite dame, elle sait bien que le maïs, c'est nourrissant.

Elle en acheta pour dix *cents* dans un sac vert qui allait avec le vert de son imperméable et le vert de ses yeux.

« C'est mon quartier, ma rue, la maison avec la grille est celle où j'habite. »

Il lui fallait d'autant plus se rappeler ces choses qu'il avait substitué au sens de la réalité la conscience du temps et des lieux. Il regarda avec sympathie des dames revêches et fanées, les hommes, la pipe aux dents, assis sur les perrons environnants. Neuf petites filles, toutes pâles, piaillaient autour d'une voiture de fleurs demandant des marguerites pour orner leurs cheveux, mais le marchand cria :

— Allez-vous-en !

Et, s'égrenant comme les perles d'un bracelet brisé, elles s'égaillèrent dans la rue, les plus audacieuses sautant avec de grands rires et les timides, silencieuses et seules, levant au ciel leurs visages amincis par l'été : la pluie ne viendrait donc jamais ?

Vincent, qui habitait un appartement en sous-sol, descendit plusieurs marches et sortit son trousseau de clés. Ensuite, il s'arrêta derrière la porte d'entrée et, se retournant, regarda à travers le judas. La jeune fille attendait là-haut, sur le trottoir; elle était appuyée contre une balustrade en pierre brune et, le bras ballant, elle laissait tomber le maïs à ses pieds comme des flocons de neige. Un gamin crasseux s'approcha furtivement et en prit quelques grains à la manière des écureuils.

*

Pour Vincent, c'était jour de congé. Personne n'était venu à la galerie de toute la matinée, ce qui, étant donné la température arctique, n'avait rien d'étonnant. Assis à son bureau, il dévorait des mandarines en lisant, avec un immense plaisir, dans le *New Yorker*, une histoire de Thurber. Il éclata de rire et n'entendit pas la jeune fille quand elle entra. Il ne la vit pas davantage s'avancer sur le tapis sombre. Il ne la remarqua que lorsque le téléphone se mit à sonner.

— Ici, la Galerie Garland, allô !

Elle avait certainement un drôle d'air, cette coupe de cheveux indécente, ces yeux sans profondeur.

— Oh ! c'est toi, Paul. *Comme-ci, comme-ça*[1], et toi ?

Et habillée comme un phénomène : pas de veste, simplement une grosse chemise à grands carreaux, des pantalons bleu marine et — serait-ce une plaisanterie ? — des socquettes roses, des sandales mexicaines.

— Le ballet ! Qui danse ? Oh ! elle !

Sous le bras, elle avait un paquet plat enveloppé dans des feuilles de journaux comiques.

— Écoute, Paul, rappelle-moi, veux-tu ? J'ai quelqu'un en ce moment...

Et, remettant l'appareil en place, il prit un sourire commercial et se leva.

— Vous désirez ?

1 En français dans le texte. *(N.d.T.)*

Ses lèvres durcies de gerçures tremblèrent sur des mots qu'elle ne prononçait pas, comme arrêtée par un défaut d'élocution, et ses yeux roulaient dans leurs orbites comme des billes de marbre. C'était la sorte de timidité effrayée qu'on associe d'ordinaire avec les enfants.

— J'ai un tableau, dit-elle. Vous achetez des tableaux ?

Le sourire de Vincent se figea.

— C'est moi qui l'ai peint, dit-elle, et sa voix rauque et traînante avait des inflexions méridionales. Mon tableau... je l'ai peint. Une dame m'a dit qu'il y avait des maisons dans ce quartier où on achetait les tableaux.

Vincent dit :

— Oui, naturellement... mais pour vous dire la vérité, je n'ai aucunement qualité pour le faire. Mr. Garland — vous savez que c'est sa galerie — est absent.

Debout sur ce joli tapis, le corps penché sous le poids du tableau, elle ressemblait à une pauvre poupée en chiffon.

— Peut-être, commença-t-il, peut-être Henry Krueger, un peu plus haut, dans la Soixante-cinquième...

Mais elle n'écoutait pas.

— C'est moi qui l'ai fait, insista-t-elle doucement. Nous avions classe de peinture le mardi et le jeudi et j'ai travaillé toute une année. Les autres ne faisaient rien de bien et Mr. Destronelli...

Brusquement, comme si elle avait peur d'être indiscrète, elle s'arrêta et se mordit la lèvre. Ses yeux se rétrécirent :

— Ce n'est pas un de vos amis ?
— Qui ? dit Vincent, dérouté.
— Mr. Destronelli.
Il secoua la tête et se demanda pourquoi l'excentricité éveillait toujours en lui une si curieuse admiration. C'est pourquoi, tout enfant, il aimait tant les phénomènes de foire. Du reste, tous les êtres qu'il avait chéris avaient toujours en eux quelque chose d'anormal, de brisé. Mais, chose étrange, cette particularité finissait toujours par faire cesser, en l'anéantissant, l'attraction dont elle avait été la source.
— Évidemment, je n'ai aucune autorité, répéta-t-il en faisant disparaître des peaux de mandarines dans la corbeille à papier, mais si cela peut vous faire plaisir, je jetterai volontiers un coup d'œil sur votre travail.
Pause ; alors, s'agenouillant, elle se mit à arracher les feuilles du journal. Vincent remarqua que c'étaient les pages comiques du *Times Picayune* de La Nouvelle-Orléans.
— Vous êtes du Sud, n'est-ce pas ? dit-il.
Elle ne leva pas les yeux, mais il vit ses épaules se raidir.
— Non, fit-elle.
Il sourit et hésita un peu, puis il estima qu'il serait déplacé de démentir un mensonge aussi transparent. A moins qu'elle n'eût mal compris. Et brusquement il ressentit un désir impérieux de lui toucher la tête, de jouer avec ses cheveux de garçon. Il fourra ses mains dans ses poches et regarda par la fenêtre. Les vitres étaient couvertes du givre de février, et un passant y avait tracé un dessin obscène.
— Voilà, dit-elle.

Une forme sans tête, drapée dans une robe monastique, reposait complaisamment sur une malle vernie de forain; dans une main, elle tenait une bougie bleue encore fumante, dans l'autre une toute petite cage dorée. La tête tranchée saignait à ses pieds : c'était la tête de la jeune fille, mais elle avait les cheveux longs, très longs, et un petit chat blanc comme la neige, aux yeux de cristal, ardents, jouait avec l'extrémité des boucles comme il eût fait d'un peloton de laine. Les ailes d'un épervier sans tête, le jabot écarlate et les serres de cuivre, servaient de fond comme un ciel crépusculaire. La peinture était de facture grossière, les couleurs pures se heurtaient durement, travaillées avec une brutalité masculine et, bien que la technique ne montrât pas de mérites évidents, l'œuvre avait cette puissance qu'on trouve souvent dans les sujets sentis très vivement bien qu'exécutés avec une gaucherie de primitif. Vincent réagit comme lorsqu'une phrase musicale faisait vibrer en lui une note de réminiscence interne, ou quand un groupe de mots, dans un poème, lui révélait un secret personnel. Il sentit un violent frisson de plaisir lui parcourir l'épine dorsale.

— Mr. Garland est en Floride, dit-il prudemment, mais je crois qu'il devrait voir cela. Vous ne pourriez pas me le laisser, disons une semaine?

— J'avais une bague, je l'ai vendue, dit-elle, et il eut l'impression qu'elle parlait en état d'hypnose. C'était une jolie bague, une alliance — pas la mienne — avec quelque chose d'écrit. J'avais un manteau aussi...

Elle tordait un des boutons de sa chemise si fiévreusement qu'elle l'arracha, et il roula sur le tapis comme une perle.

— Je n'en demande pas beaucoup... cinquante dollars; est-ce que c'est exagéré?

— C'est trop, dit Vincent, plus sèchement qu'il n'aurait voulu.

Maintenant il voulait ce tableau, non pour la galerie, mais pour lui-même. Certaines œuvres d'art éveillent plus d'intérêt pour leur créateur que pour la chose créée. C'est qu'en général ces œuvres permettent d'identifier quelque chose qui jusqu'alors semblait de nature trop intime pour qu'on pût jamais l'exprimer, et on s'étonne : qui donc me connaît ainsi, et comment?

— Je vous en donne trente.

Elle le regarda un instant, stupidement, puis, retenant sa respiration, elle tendit sa main ouverte. La spontanéité du geste, trop naïf pour être blessant, le prit au dépourvu. Il dit, non sans un certain embarras :

— Je crains d'être obligé de vous envoyer un chèque. Pourriez-vous...

Le téléphone l'interrompit et, comme il allait décrocher l'appareil, elle le suivit, la main tendue, le visage tordu par l'angoisse.

— Oh! Paul, est-ce que je pourrais te rappeler? Oh! je vois. Bon, attends une seconde.

Il appuya le récepteur au creux de son épaule et poussa un bloc-notes et un crayon sur le bureau.

— Là, écrivez votre nom et votre adresse.

Mais elle secoua la tête, l'air plus ahurie, plus anxieuse que jamais.

— Un chèque, dit Vincent, je vous enverrai un chèque. Je vous en prie, votre nom et votre adresse.

Il lui fit un sourire encourageant quand elle se décida enfin à écrire.

— Excuse-moi, Paul... quelle soirée ? Oh ! la petite garce, elle ne m'a pas invité... Hé ! cria-t-il, car la jeune fille se dirigeait vers la porte. S'il vous plaît !

Un courant d'air glaça la galerie et la porte se referma dans un grand bruit de vitres.

— Allô, allô, allô.

Vincent ne répondit pas ; debout, il regardait, intrigué, le curieux renseignement qu'elle avait écrit sur le bloc : D. J., Y.W.C.A.[1].

— Allô, allô, allô.

Le tableau était suspendu au-dessus de la cheminée et la nuit, quand il ne dormait pas, il se versait un verre de whisky et parlait à l'épervier sans tête. Il lui disait les secrets de sa vie : il était, disait-il, un poète qui n'avait jamais écrit de poèmes, un peintre qui n'avait jamais peint et un amant qui n'avait jamais aimé (absolument) quelqu'un, en somme, sans direction, sans tête lui non plus. Oh ! ce n'était pas faute d'avoir essayé — toujours de beaux débuts et toujours des fins lamentables. Vincent, race blanche, sexe masculin, âge trente-six ans, diplômé d'université ; homme à la mer à cinquante milles du rivage ; victime née pour être assassinée, soit par lui-même, soit par autrui ; acteur sans emploi. Tout était là, dans le tableau, toutes ces folies sans queue ni tête ; et qui était-elle pour savoir tant de choses ? Les recherches qu'il avait faites n'avaient abouti à rien ; aucun marchand de tableaux ne la connaissait, et tenter de trouver une D. J., habitant, selon toute vrai-

1 *Young Women Christian Association*, société de bienfaisance qui assure aux jeunes filles des chambres à bon marché, salles de réunions, etc. *(N.d.T.)*

semblance, dans une Y.W.C.A., eût été absurde. De plus, il avait un peu espéré qu'elle reparaîtrait, mais février avait passé, et mars. Un soir, comme il traversait la place en face de l'hôtel Plaza, il lui arriva quelque chose d'étrange. Les cochers de cabs démodés qui stationnent le long du trottoir allumaient les lanternes de leurs voitures, car la nuit tombait, et la lueur des lampes passait à travers le frémissement des feuilles. Un des cabs se mit en marche et s'éloigna dans le crépuscule. Il n'était occupé que par une personne dont il ne pouvait voir le visage. C'était une jeune fille aux cheveux châtains coupés court. Il s'assit alors sur un banc et, pour tuer le temps, fit la conversation avec un soldat, avec un jeune nègre efféminé qui récitait des vers, et avec un homme qui promenait son basset : types nocturnes qui occupèrent son attente — mais la voiture avec celle qu'il attendait ne revint pas. Il la revit (ou, du moins, il crut la revoir) descendant l'escalier du métro. Cette fois, il la perdit dans les tunnels de faïence ornés de flèches peintes et de distributeurs de spearmint. On eût dit qu'il portait son visage imprimé dans l'esprit. Il ne pouvait pas plus s'en débarrasser qu'un mort, par exemple, ne peut effacer dans ses yeux de légende, la dernière image qui s'y est reflétée. Vers le milieu d'avril, il alla passer une fin de semaine chez sa sœur mariée dans le Connecticut. Sarcastique, les nerfs tendus, il n'était pas lui-même et sa sœur s'en plaignit :

— Qu'est-ce que tu as, mon petit Vinny ?... Si tu as besoin d'argent...

— Oh, assez ! dit-il.

— Il doit être amoureux, dit le beau-frère. Allons, Vinny, confesse-toi. Comment est-elle ?

Et tout cela l'exaspéra tellement qu'il repartit par le premier train. Il voulut téléphoner de la gare pour s'excuser, mais une nervosité maladive le faisait vibrer tout entier, et il raccrocha l'appareil avant que l'employé lui eût donné la communication. Il voulait boire. Il passa une bonne heure au bar de l'hôtel *Commodore* et avala quatre daiquiris — c'était un samedi. Il était neuf heures. Tout ce qu'il aurait pu faire, il était condamné à le faire seul. Il s'apitoyait sur lui-même. Dans le parc, derrière la *Public Library*, des amoureux se promenaient en murmurant sous les arbres, et l'eau des fontaines publiques chantait doucement comme leurs voix, mais pour Vincent, un peu ivre et désœuvré, cette blanche soirée d'avril ne signifiait rien. Il aurait pu être aussi vieux que les vieux habitués des bancs, secoués par leur catarrhe.

Dans la campagne, le printemps est l'époque des petits événements qui arrivent sans bruit : les jacinthes sortent de terre, les saules brûlent soudain d'un feu de givre vert, le crépuscule s'attarde dans de longues soirées et la pluie de minuit fait éclore les lilas ; mais, en ville, c'est la fanfare des orgues de barbarie, et l'air s'emplit d'odeurs que les vents d'hiver cessent de diluer ; les fenêtres longtemps fermées commencent à s'ouvrir, et les conversations franchissent les limites des chambres, se heurtent au tintement des clochettes des marchands ambulants. C'est la folle saison des ballons en baudruche et des patins à roulettes, des barytons de cours et des hommes aux métiers bizarres, tel celui qui venait d'apparaître comme un diable sort de sa boîte. Il était vieux, il avait un télescope avec une enseigne —

25 c. Regardez la lune ! Regardez les étoiles ! 25 c. — Les étoiles ne peuvent pénétrer la lueur que répandent les villes, mais Vincent vit la lune, blancheur ronde, ombrée, puis un incendie d'annonces lumineuses : *Four Roses, Bing Cro*... Il évoluait dans des relents de caramel, nageait dans des océans d'enseignes de néon, de ténèbres, de visages d'une blancheur de lait. Dominant le bruit d'un gramophone géant les carabines claquaient, un canard en carton tomba mort, et quelqu'un s'écria :

— Bravo, Iggy !

C'était dans une des boutiques de Broadway, une galerie à un sou, remplie d'un mur à l'autre des oisifs du samedi soir. Il regarda un film (*What the bootblack saw*), se fit dire la bonne aventure par une sorcière en cire grimaçante derrière une vitre : « Vous avez une nature affectueuse... », mais il ne lut pas plus loin, intrigué par l'agitation qu'il remarqua autour du gramophone. Un cercle de gamins qui battaient des mains en cadence entourait un couple de danseurs. Ils étaient noirs tous les deux. Ils ondulaient ensemble, lentement, avec aisance, comme des amants. Ils se balançaient, frappaient du pied et roulaient des yeux sauvages et sérieux, réglant leurs muscles sur les trilles de la clarinette et les crescendos du tambour. Vincent fit des yeux le tour de l'assistance et, quand il l'aperçut, un frisson lumineux le traversa, car le visage de la jeune fille reflétait un peu de la violence de la danse. Debout, ainsi, près d'un grand garçon très laid, elle semblait être la dormeuse et les nègres son rêve. Trompette, tambour et piano servaient de fond hurlant à la voix rauque d'une négresse. Le tout se termina par un gémissement éperdu. Les claquements de mains cessèrent et les danseurs se séparèrent. Maintenant, elle était seule; bien que, instinctivement, Vincent sentît qu'il devrait s'en aller avant qu'elle ne l'aperçût, il s'avança, et comme quelqu'un qui voudrait doucement éveiller un dormeur, il lui toucha délicatement l'épaule.

— Bonsoir, dit-il d'une voix trop forte.

Elle se retourna, fixa sur lui un regard vide. La terreur, puis l'étonnement remplacèrent le regard mort. Elle recula d'un pas et, au moment où le gramophone se mettait de nouveau à hurler, il la saisit par le poignet.

— Vous vous rappelez, dit-il, la galerie? Votre tableau?

Elle cligna des yeux, abaissa les paupières comme quelqu'un qui tombe de sommeil, et il sentit que, lentement, les muscles de son bras se détendaient. Elle était plus mince qu'il ne l'imaginait, plus jolie aussi, et ses cheveux un peu plus longs retombaient en désordre. D'une mèche égarée pendait tristement un petit ruban argenté. Il s'apprêtait à dire :

— Voulez-vous venir prendre quelque chose?

Mais elle s'appuya sur lui, posa la tête sur sa poitrine comme un enfant, et il dit :

— Voulez-vous venir chez moi?

Elle leva le visage. Quand elle répondit, ce fut un souffle, un murmure :

— Je vous en prie! dit-elle.

*

Vincent se déshabilla, rangea soigneusement ses vêtements dans le placard et admira sa nudité dans une glace fixée contre la porte. Il n'était pas aussi beau qu'il le croyait, mais il était assez beau tout de même. De taille moyenne, il était admirablement proportionné; ses cheveux étaient châtain très clair et son visage délicat, un peu camus, avait une jolie couleur chaude. Un bruit d'eau courante vint briser le silence. Elle était dans la salle de bains, prête à se baigner. Il revêtit un ample pyjama de flanelle, alluma une cigarette et dit :

— Il ne vous manque rien?

L'eau cessa de couler; un long silence, puis :

— Non, merci.

Dans le taxi qui les ramenait chez lui, il avait essayé de la faire parler, mais elle n'avait rien dit, pas même en entrant dans l'appartement — ce qui l'avait un peu froissé, car il mettait un point d'honneur presque féminin à bien entretenir son logement et il s'attendait à quelque remarque flatteuse. Son pied-à-terre se composait d'une énorme pièce, très haute de plafond, d'une petite cuisine et d'une salle de bains avec une petite cour par-derrière. Son mobilier était un mélange d'ancien et de moderne du plus heureux effet. Sur les murs, il y avait trois Toulouse-Lautrec, une affiche de cirque encadrée, le tableau de D. J., des photographies de Rilke, de Nijinsky et de la Duse. Un candélabre de minces bougies bleues brûlait sur un bureau; dans leur lumière délirante toute la pièce ondulait. On passait dans la cour par une porte-fenêtre. Il n'y allait guère, car il était presque impossible de la tenir propre. On y voyait quelques tiges mortes de tulipes, toutes noires au clair de lune, un maigre vernis du Japon et un vieux fauteuil de jardin laissé par l'ancien locataire. Il fit les cent pas sur les dalles glacées dans l'espoir qu'au grand air la sensation d'ivresse qu'il ressentait, comme s'il avait pris quelque drogue, se dissiperait. Dans le voisinage, quelqu'un tapait maladroitement sur un piano et, à une fenêtre, il aperçut le visage d'un enfant. Il tripotait un brin d'herbe quand il vit l'ombre de la jeune fille s'allonger dans la cour. Elle se tenait sur le seuil.

— Ne sortez pas, dit-il, en avançant vers elle, il commence à faire froid.

Il y avait maintenant en elle quelque chose d'attirant, de très doux. Elle semblait avoir perdu ses angles, s'être rapprochée de la normale, et Vincent, en lui offrant un verre de xérès, fut charmé de l'élégance avec laquelle elle le porta à ses lèvres. Elle avait mis la robe de chambre qu'il lui avait prêtée et qui était beaucoup trop grande. Elle avait les pieds nus et elle les cacha sous elle, sur le divan :

— Ce chandelier me rappelle Glass Hill, dit-elle avec un sourire. Ma grand-mère habitait Glass Hill. Nous nous amusions bien quelquefois. Savez-vous ce qu'elle disait ? Elle disait : « Les bougies sont des baguettes magiques : on en allume une et l'univers devient un conte de fées ! »

— Ce devait être une vieille dame très austère, dit Vincent assez ivre, nous nous serions probablement détestés l'un et l'autre.

— Grand-mère vous aurait aimé, dit-elle. Elle aimait tous les hommes, tous les hommes qu'elle rencontrait, même Mr. Destronelli.

— Destronelli ?

Il avait déjà entendu ce nom-là.

Elle regarda furtivement de côté et son regard

semblait dire : Pas besoin de subterfuge entre nous. Nous nous comprenons si bien, ce serait inutile.

— Oh ! vous savez bien, dit-elle avec un accent de conviction tel qu'en toute autre circonstance il aurait pu s'en étonner.

Mais il semblait momentanément avoir perdu toute faculté de surprise.

— Tout le monde le connaît.

Il l'enlaça, l'attira contre lui.

— Pas moi, dit-il en lui embrassant la bouche, le cou.

Elle restait passive, mais il dit — et sa voix tremblait comme la voix d'un adolescent :

— Jamais rencontré ce monsieur.

Il glissa une main sous la robe, dégagea les épaules. Au-dessus d'un sein elle avait une petite tache en forme d'étoile. Il regarda le miroir où la lumière incertaine faisait mouvoir leur image, les rendait pâles et incomplets. Elle souriait.

— Ce monsieur... Chose..., dit-il, à qui ressemble-t-il ?

L'esquisse du sourire disparut. Un froncement léger, simiesque, lui contracta rapidement le visage. Elle regarda le tableau au-dessus de la cheminée, et il fut conscient qu'elle le remarquait pour la première fois ; elle semblait étudier tout particulièrement une partie du tableau. Était-ce l'épervier, ou la tête, il n'aurait su le dire.

— Oh ! dit-elle tranquillement en se pelotonnant contre lui, il ressemble... à vous, à moi..., à presque tout le monde.

Il pleuvait. Dans la lumière humide de midi, deux bouts de chandelles brûlaient encore et, devant une fenêtre ouverte, des rideaux gris s'agitaient désespérément. Vincent dégagea son bras engourdi par le poids de la femme. Prenant soin de ne faire aucun bruit, il sortit du lit, souffla les bougies et, sur la pointe des pieds, alla dans la salle de bains s'inonder le visage d'eau froide. En se rendant dans la cuisine, il fit quelques flexions des bras avec un sentiment qu'il n'avait pas goûté depuis longtemps, un plaisir intensément mâle à constater sa force et son parfait état de santé. Il prépara du jus d'orange qu'il mit sur un plateau avec des rôties de pain au raisin et une théière; puis, si maladroitement que tous les objets tintaient sur le plateau, il apporta le déjeuner et le plaça sur une table près du lit.

Elle n'avait pas bougé; ses cheveux en désordre s'ouvraient en éventail sur l'oreiller, et une main reposait dans le creux qu'il avait fait avec sa tête. Il se pencha, la baisa sur les lèvres, et les paupières bleues de sommeil tremblèrent.

— Oui, oui, je suis réveillée, murmura-t-elle.

Et la pluie, soulevée par le vent, vint fouetter la fenêtre comme une gerbe d'embrums. Il avait conscience qu'avec elle il n'était pas besoin des artifices coutumiers : regards qui s'évitent, mines honteuses, pauses accusatrices. Elle se souleva sur le coude; elle le regarda, pensa Vincent, comme elle eût regardé son mari, et en lui tendant le jus d'orange, il lui sourit avec gratitude.

— Quel jour sommes-nous?

— Dimanche, dit-il, en se blottissant sous le couvre-pieds, le plateau sur les jambes.

— Mais je n'entends pas de cloches, dit-elle, et il pleut.

Vincent rompit un morceau de pain grillé :

— Ça ne vous ennuie pas, je pense, la pluie — une musique si paisible.

Il versa le thé :

— Sucre ? Crème ?

Elle ne répondit pas à la question et dit :

— C'est quel dimanche ? Je veux dire, quel mois ?

— Mais, d'où sortez-vous donc ? Habiteriez-vous par hasard dans le métro ? fit-il avec un sourire.

Et il s'étonnait à l'idée qu'elle pût être sérieuse.

— Oh ! avril..., avril, une date quelconque !

— Avril, répéta-t-elle. Y a-t-il longtemps que je suis ici ?

— Depuis hier soir seulement.

— Oh !

Vincent remuait son thé, et la cuillère dans la tasse sonnait comme une clochette. Des miettes de pain tombaient sur les draps et il songea à la *Tribune* et au *Times* qui attendaient sur le palier, devant la porte. Mais, ce matin, les journaux avaient perdu leur charme ; c'était tellement plus agréable de rester au lit auprès d'elle, bien au chaud, à boire du thé en écoutant tomber la pluie. Étrange, à la réflexion, certainement très étrange. Elle ne savait pas son nom et lui ne savait pas davantage le sien.

— Je vous dois encore trente dollars, vous vous souvenez ? C'est de votre faute, du reste... avec l'absurde adresse que vous m'avez laissée. Et D. J., qu'est-ce que cela est supposé signifier ?

— Il vaut mieux, je crois, que je vous dise mon nom, dit-elle. Je pourrais facilement en inventer un : Dorothy Jordan, Delilah Johnson, vous voyez ? Je pourrais inventer des tas de noms, mais à cause de lui, je ne peux pas vous dire le vrai.

Vincent posa le plateau par terre. Il se coucha sur le côté et, face à elle, son cœur battit plus vite.

— Qui est lui ?

Bien qu'elle eût l'air très calme, elle dit d'une voix troublée par la colère :

— Si vous ne le connaissez pas, dites-moi alors pourquoi je suis ici.

Silence. Au-dehors, la pluie paraissait brusquement suspendue. La sirène d'un bateau gémit sur la rivière. Il la serra contre lui, passa ses doigts dans ses cheveux et, avec l'ardent désir qu'elle le crût, il dit :

— Parce que je t'aime.

Elle ferma les yeux :

— Que sont devenus les autres ?

— Quels autres ?

— Les autres auxquelles vous avez dit cela ?

De nouveau la pluie éclaboussait de gris la fenêtre, tombait sur les rues silencieuses du dimanche ; Vincent, en écoutant, se rappelait. Il se rappelait sa cousine Lucille, la pauvre, belle et stupide Lucille qui passait ses journées à broder des fleurs de soie sur des morceaux d'étoffe. Et Allen T. Naker — l'hiver qu'ils avaient passé ensemble à La Havane, la maison qu'ils habitaient aux murs croulants de pierre rose ; pauvre Allen, il avait cru que cela durerait toujours. Gordon aussi. Gordon aux cheveux blonds crépus, et la tête pleine de vieilles ballades du temps d'Elizabeth. Était-ce vrai qu'il s'était suicidé d'un coup de revolver ? Et Connie Silver, la jeune fille sourde, celle qui voulait faire du théâtre — qu'était-elle devenue ? Et Helen, Louise, Laura ?

— Il n'y en a eu qu'une, dit-il, et à ses propres oreilles cela sonnait vraiment très juste. Une seule, et elle est morte.

Tendrement, comme un geste de sympathie, elle lui toucha la joue.

— C'est lui sans doute qui l'a tuée, dit-elle, les yeux si près des siens qu'il pouvait voir les traits de son visage prisonniers de leur couleur verte. Car c'est lui qui a tué miss Hall. La meilleure femme qui fût au monde, miss Hall, et si jolie qu'à la voir on avait la respiration coupée. Elle me donnait des leçons de piano, et quand elle jouait, quand elle disait bonjour, quand elle disait adieu... je croyais que mon cœur allait cesser de battre.

Elle parlait maintenant d'une voix impersonnelle, comme s'il s'agissait de choses d'un autre âge qui ne la touchaient pas directement.

— Elle l'épousa à la fin de l'été... septembre, je crois. Elle alla à Atlanta. C'est là qu'ils se marièrent. Elle ne revint jamais. C'est ainsi que ça s'est passé, brusquement. Elle fit claquer ses doigts : Comme ça. J'ai vu son portrait, à lui, dans le journal. Parfois, je me figure que si elle avait su à quel point je l'aimais... pourquoi y a-t-il des êtres auxquels on ne peut pas avouer ces choses-là ? Je me figure qu'elle ne se serait peut-être pas mariée ; tout aurait peut-être été différent, tel que je l'aurais voulu.

Elle enfouit sa tête dans l'oreiller, et si elle pleura, ce fut sans faire le moindre bruit.

*

Le 20 mai, elle eut dix-huit ans ; cela semblait à peine concevable. Vincent la croyait beaucoup plus âgée. Il aurait aimé la présenter au cours d'une surprise-partie, mais il avait dû finir par admettre que ce projet était irréalisable. D'abord, bien qu'il eût perpétuellement les mots sur le bout de la langue, il n'avait parlé de D. J. à aucun de ses amis ; en second lieu, il n'imaginait que trop bien le genre de divertissement que serait pour eux la présentation d'une femme dont, bien qu'elle partageât son appartement, il ne savait rien, pas même le nom. Cependant, il fallait bien faire quelque chose pour son anniversaire. Impossible de l'emmener dîner en ville avant le théâtre. Elle n'avait rien à se mettre. Ce n'était pas la faute de Vincent. Il lui avait donné quarante dollars pour s'acheter des robes et voici l'usage qu'elle en avait fait : une veste en cuir, un jeu de brosses de soldats, un imperméable, un briquet automatique. Sa valise, qu'elle avait apportée dans l'appartement, ne contenait que des morceaux de savon d'hôtel, une paire de ciseaux dont elle se servait pour se couper les cheveux, deux bibles, et une effroyable photographie en couleurs. La photographie représentait une femme entre deux âges, l'expression minaudière et les traits empâtés. Il y avait une dédicace : « Meilleurs vœux et bonne chance, Martha Lovejoy Hall. »

Comme elle ne savait pas faire la cuisine, ils prenaient leurs repas dehors. Les ressources de Vincent et la garde-robe de D. J. les limitaient presque exclusivement aux restaurants automatiques qu'elle adorait — le macaroni y était si bon ! — ou à un bistrot quelconque de la Troisième Avenue. Ainsi, le dîner d'anniversaire se passa à l'Automatique. Elle s'était frotté la figure jusqu'à s'en faire rougir la peau. Elle s'était taillé les cheveux, les avait lavés et, maladroite comme une enfant de six ans qui veut jouer à la dame, elle s'était verni les ongles. Elle mit sa veste en cuir et y épingla un bouquet de violettes qu'il lui avait offert ; l'effet devait en être assez comique, car deux filles qui étaient assises à leur table ricanèrent comme des folles. Vincent dit que si elles ne se taisaient pas...

— Ben des fois, pour qui c'est-y que vous vous prenez ?

— Un surhomme. Monsieur se prend pour un surhomme.

C'en était trop. Vincent perdit patience. Il quitta la table en renversant une bouteille de sauce tomate :

— Foutons le camp d'ici ! dit-il.

Mais D. J. n'avait prêté nulle attention à la dispute et continuait à manger une tarte aux mûres avec une cuillère. Malgré sa fureur, il attendit tranquillement qu'elle eût fini, car il respectait ses absences, se demandant néanmoins dans quel siècle elle pouvait bien vivre. Il avait compris qu'il était vain d'essayer de l'interroger sur son passé, et cependant il était rare qu'elle vécût dans le présent. Quant à l'avenir, selon toute vraisemblance, elle ne s'en préoccupait pas beaucoup. Son esprit était comme un miroir où se refléteraient des espaces bleus dans une chambre vide.

— Qu'aimerais-tu faire maintenant ? dit-il comme ils sortaient. Nous pourrions aller nous promener au parc en voiture.

Elle essuya avec sa manche des restes de mûres qui lui salissaient la commissure des lèvres, puis elle dit :

— Je veux aller au cinéma.

Le cinéma. Encore ! Le mois dernier il avait vu tellement de films qu'il était obsédé en rêve par des bribes de dialogue style Hollywood. Un samedi, sur ses instances, il avait pris des places à trois cinémas différents, les places les moins chères empuanties par l'odeur de désinfectant qui sortait des latrines. Et chaque matin, avant de partir au travail, il laissait cinquante *cents* sur le dessus de la cheminée — quelque temps qu'il fît, pluie ou soleil, elle s'en allait au cinéma. Mais Vincent était assez intelligent pour en comprendre la raison ; à une certaine période de sa vie, il était allé au cinéma lui-même tous les jours, restant parfois à deux ou trois séances consécutives ; c'était un peu comme une religion, car devant ces images changeantes, blanches et noires, il éprouvait le soulagement que doit éprouver l'homme qui confesse ses fautes à son père.

— Des menottes, dit-elle, faisant allusion à un incident dans le film *The Thirty-Nine Steps* qu'ils avaient vu au *Beverly* où l'on donnait tout un programme de films de Hitchcock. Cette femme blonde et l'homme attachés ensemble par des menottes... oh ! cela m'a fait penser à autre chose.

Elle enfila un pyjama de Vincent, épingla le bouquet de violettes sur l'oreiller et s'étendit sur le lit.

— Des gens pris comme ça, liés ensemble.

Vincent bâilla :

— Heu, heu, dit-il.

Il éteignit la lampe.

— Encore tous mes vœux, ma chérie. Ç'a été vraiment une bonne soirée.

Elle dit :

— Un jour, je me trouvais là-bas, et il y avait deux

jeunes filles qui dansaient; elles étaient si libres... il n'y avait qu'elles deux, personne d'autre, et c'était beau comme un coucher de soleil.

Elle resta un moment silencieuse; puis, avec son accent traînant du Sud qui prolongeait les mots, elle dit :

— C'est gentil de m'avoir offert ces violettes.

— Je suis content qu'elles t'aient... fait... plaisir, répondit-il dans un demi-sommeil.

— Quel dommage qu'il faille qu'elles meurent.

— Oui, allons, bonne nuit.

— Bonne nuit.

*

Gros plan.

— Oh! mais, John, ce n'est pas pour moi, n'oublie pas que nous avons des enfants, un divorce gâcherait toute leur vie!

Obscurité. L'écran frissonne; roulement de tambours et sonnerie de trompettes : R.K.O. PRÉSENTE...

Vestibule sans issue, tunnel sans fin. En haut, des lustres étincellent, et des bougies que le vent incline flottent dans les courants d'air. Devant lui, un vieillard se balance dans un fauteuil à bascule, un vieillard aux cheveux d'un blond teint, les joues poudrées, des lèvres de poupée. Vincent reconnaît Vincent.

— Va-t'en, hurle Vincent, le jeune et beau Vincent, mais le Vincent vieux, hideux, s'avance à quatre pattes et, comme une araignée, lui grimpe sur le dos.

Menaces, supplications, coups, rien ne peut lui faire lâcher prise. Et il s'enfuit avec son ombre, son cavalier secoué par le galop. Un éclair aveuglant serpente et soudain le tunnel grouille d'hommes en habit et cravate blanche, de femmes en robes de brocart. Il se sent humilié : comme ils doivent le trouver déplacé en le voyant entrer dans une réunion si élégante portant sur son dos, comme Sinbad, un horrible vieillard. Les invités, deux par deux, restent pétrifiés et personne ne parle. Il remarque alors que la plupart sont chevauchés aussi par de maléfiques copies d'eux-mêmes, personnifications de leur pourriture intérieure. Tout près de lui, un homme à forme de lézard chevauche un nègre aux yeux d'albinos. Quelqu'un s'approche de lui, l'hôte : petit, rubicond, chauve, il marche à pas légers, précis, dans ses souliers vernis : un de ses bras, plié d'un geste raide, soutient un grand épervier sans tête dont les serres crispées sur le poignet font couler des gouttes de sang. Les ailes de l'épervier s'éploient à mesure que son maître avance. Sur un piédestal se dresse un phonographe d'un vieux modèle. L'hôte tourne la manivelle et met un rouleau. Une valse usée, toute menue, fait vibrer le grand volubilis du pavillon. L'hôte lève la main et annonce d'une voix de tête :

— Attention, le bal commence.

Avec son épervier, il circule entre les couples qui tournent, tournent, s'inclinent. Les murs s'élargissent, le plafond s'élève. Une jeune fille se glisse dans les bras de Vincent, et il dit d'une voix cassée, cruelle imitation de sa voix actuelle :

— Lucille, c'est merveilleux; ce parfum exquis, est-ce de l'essence de violettes?

C'est sa cousine Lucille, puis, tandis qu'ils tournent autour de la salle, elle se transforme. Maintenant, il valse avec une autre :

— Comment, vous, Connie, Connie Silver ! Quelle joie de vous revoir ! hurle sa voix, car Connie est très sourde.

Brusquement, un homme, la tête fracassée d'une balle, s'approche :

— Gordon, pardonne-moi, je ne voulais pas...

Mais ils s'éloignent, Gordon et Connie, valsant ensemble. Et maintenant, c'est D. J. et elle aussi a quelqu'un agrippé à elle, une enfant ravissante aux cheveux châtain clair ; comme un emblème d'innocence, l'enfant tient sur son cœur un petit chat d'une blancheur de neige.

— Je suis plus lourde que je n'en ai l'air, dit l'enfant, et la voix terrible reprend :

— Personne n'est aussi lourd que moi !

Dès que leurs mains se touchent, il sent diminuer le poids sur ses épaules, le vieux Vincent s'évanouit peu à peu. Ses pieds se détachent du sol. Quittant les bras de sa cavalière, il s'élève. Le phonographe hurle toujours. Il monte plus haut, toujours plus haut, et les visages pâles s'éloignent, luisent en bas comme des champignons dans l'herbe sombre d'une prairie.

L'hôte libère son épervier, le laisse s'envoler dans l'espace. Vincent pense : « Peu importe, il est aveugle et les méchants n'ont rien à craindre des aveugles. » Mais l'épervier tourne au-dessus de lui et fond, toutes griffes dehors ; et il comprend alors que jamais il ne sera libre.

Et les ténèbres de la chambre lui emplissaient les yeux. Un de ses bras pendait au bord du lit. L'oreiller était tombé à terre. Instinctivement, il étendit la main, cherchant le réconfort maternel de la femme près de lui. Draps lisses et froids ; vide, et l'odeur rance des violettes mourantes. Il se redressa d'un bond :

— Où es-tu ?

La porte-fenêtre était ouverte. La lueur cendrée de la lune balayait le seuil, car il ne faisait pas encore jour et, dans la cuisine, la glacière ronronnait comme un chat gigantesque. Une pile de papier frémit sur le bureau. Vincent appela encore, doucement cette fois, comme s'il ne voulait pas être entendu. Il se leva, trébucha sur ses jambes incertaines et regarda dans la cour. Elle était là, appuyée, presque à genoux, contre le vernis du Japon.

— Quoi ? — et elle se retourna brusquement.

Il ne la voyait pas distinctement. Elle n'était qu'une forme noire. Il s'approcha. Elle mit un doigt sur ses lèvres.

— Qu'y a-t-il ? murmura-t-il.

Elle se leva sur la pointe des pieds, et sa respiration lui vibra à l'oreille.

— Je t'avertis, rentre.

— Finis donc ces sottises, dit-il d'une voix normale. Pieds nus comme ça dehors, tu vas attraper...

Mais elle lui mit la main sur la bouche.

— Je l'ai vu, murmura-t-elle. Il est là.

Vincent, d'une claque, écarta sa main. Il eut grand peine à s'empêcher de la gifler.

— Tu l'as vu, tu l'as vu... Qu'est-ce qui te prend ? Est-ce que tu es — il essaya de retenir le mot — folle ?

Là, il avait fini par reconnaître quelque chose qu'il savait déjà, mais dont il n'avait pas permis la cristallisation dans son esprit. Et il pensa : Qu'est-ce que cela peut bien faire, après tout ? Un homme ne saurait être responsable de ceux qu'il aime. Erreur. Lucille, l'innocente, et ses mosaïques de soie, son nom qu'elle brodait sur des écharpes; Connie, dans le monde étouffé des sourds, guettant le bruit de ses pas, ce bruit qu'elle pouvait toujours entendre; Allen T. Baker, contemplant la photographie qu'il lui avait donnée, ayant encore besoin de son amour, mais vieux maintenant, perdu — tous trahis. Et il s'était trahi lui-même, avec ses talents qu'il n'avait jamais employés, les voyages qu'il n'avait jamais faits, les promesses jamais tenues. Il lui avait semblé que rien ne lui restait jusqu'au moment — oh! pourquoi fallait-il qu'il retrouvât toujours dans ceux qu'il aimait sa propre image brisée? Maintenant qu'il la regardait dans l'aube glissante, son cœur était glacé par la mort de l'amour.

Elle s'écarta et s'en alla sous l'arbre.

— Laisse-moi ici, dit-elle, scrutant du regard les fenêtres des étages supérieurs. Rien qu'un moment.

Vincent attendit, attendit. De toutes parts, les fenêtres regardaient comme des portes de rêve, et au-dessus de lui, quatre étages plus haut, le linge d'une famille battait sur une corde. La lune qui se couchait ressemblait à la jeune lune du crépuscule, une sorte de roue vaporeuse, et le ciel, sortant des ténèbres, était lavé de gris. La brise du soleil levant fit frissonner les feuilles de l'arbre, et dans la lumière pâlissante la cour prit un dessin, les objets une position, et, du haut des toits, descendit le roucoulement matinal des pigeons. Une lumière s'alluma. Une autre.

Et finalement elle baissa la tête; elle n'avait pas trouvé ce qu'elle cherchait, à moins qu'elle ne l'eût trouvé, au contraire, pensa-t-il, comme elle se tournait vers lui, les lèvres tordues.

*

— Oh ! vous voilà de retour de bien bonne heure, Mr. Waters.

C'était Mrs. Brennan, la femme bancale du concierge.

— Et... quel beau temps, n'est-ce pas... j'aurais quelque chose à vous dire...

— Mrs. Brennan... — qu'il était donc difficile de respirer, de parler. Les mots raclaient sa gorge douloureuse, éclataient comme des coups de tonnerre. — Je ne me sens pas bien, aussi, si vous permettez...

Et il essaya de passer devant elle.

— Je suis désolée. Ptomaïne, ça doit être ça. C'est comme je vous le dis. On n'est jamais trop prudent ; c'est les Juifs, vous savez. Ils ont monopolisé toutes les charcuteries. Ce n'est pas moi qui toucherais à cette nourriture de Juif.

Elle s'avança devant la grille, lui bloquant le passage, et le menaça du doigt.

— Ce qu'il y a de mauvais chez vous, Mr. Waters, c'est que vous ne menez pas une vie normale.

Un nœud de souffrance était enchâssé comme un joyau malsain au cœur même de sa tête ; chaque mouvement douloureux en projetait les feux multicolores. La concierge jacassait toujours, mais il avait des absences pendant lesquelles, heureusement, il ne l'entendait pas. C'était comme une radio au registre alternativement bas et suraigu.

— Je sais très bien que c'est une honnête chrétienne, Mr. Waters, sans quoi un homme du monde comme vous ne la fréquenterait pas... Néanmoins, les faits sont là, et Mr. Cooper ne dit pas de mensonges; du reste, c'est un homme très posé. Il est employé du gaz dans ce quartier depuis je ne sais combien de temps.

Un camion passa dans la rue en projetant des gerbes d'eau de chaque côté, et sa voix, submergée par le vacarme, remonta à la surface comme un requin.

— Mr. Cooper a toutes les raisons de croire qu'elle cherchait à le tuer. Pensez un peu, debout comme ça, avec ses ciseaux, à pousser des cris... Elle l'appelait d'un nom italien. On n'a pourtant qu'à le regarder pour voir que Mr. Cooper n'est pas italien. Alors, vous comprenez, des comédies de ce genre, ça ne donne pas bonne réputation à une maison...

Un soleil cruel, plongeant dans les profondeurs de ses yeux, faisait naître des larmes et la concierge, avec son doigt menaçant, se brisait en plusieurs morceaux, un nez, un menton, un œil rouge, rouge.

— Mr. Destronelli, dit-il. Excusez-moi, Mrs. Brennan, excusez-moi, je vous en prie. (Elle croit que je suis saoul, et je suis malade; mais elle ne voit donc pas que je suis malade?) Cette personne s'en va. Elle s'en va aujourd'hui et ne reviendra pas.

— Non, pas possible! dit Mrs. Brennan avec un claquement de langue. Elle a l'air d'avoir bien besoin de repos, la pauvre petite. Si pâle! Naturellement, les Italiens, je ne peux pas les sentir, mais vraiment, prendre Mr. Cooper pour un Italien! Mais voyons, il a la peau aussi blanche que vous et moi.

Elle lui donna avec sollicitude une petite tape sur l'épaule.

— Je suis désolée que vous ne vous sentiez pas bien, Mr. Waters, c'est un peu d'empoisonnement, croyez-moi. On ne prend jamais trop de précautions...

Le vestibule sentait la cuisine et la cendre de l'incinérateur. Il y avait en face un escalier dont il n'usait jamais, habitant au sous-sol. Une allumette flamba et Vincent, qui cherchait à se diriger à tâtons, aperçut un petit garçon — il n'avait pas plus de trois ou quatre ans — accroupi sous l'escalier. Il jouait avec une boîte d'allumettes de cuisine, et la présence de Vincent ne sembla pas l'intéresser le moins du monde. Il alluma tranquillement une autre allumette. Vincent ne pouvait pas mettre ses idées suffisamment en ordre pour le gronder et, comme il restait là à attendre, une porte, sa porte, s'ouvrit.

— Cache-toi. Car, si elle te voyait, elle comprendrait que quelque chose ne va pas, elle soupçonnerait quelque chose.

Et si elle parlait, si leurs regards se rencontraient, il ne viendrait jamais à bout de son projet. Il se blottit dans un coin noir, derrière le petit garçon, et le petit garçon dit :

— Qu'est-ce que vous faites, m'sieu ?

Elle approchait. Il entendait le claquement de ses sandales, le murmure vert de son imperméable.

— Qu'est-ce que vous faites, m'sieur ?

Vite, le cœur battant, Vincent s'accroupit et serra l'enfant contre lui, lui mettant la main sur la bouche pour l'empêcher de parler. Elle passa sans qu'il la vît ; plus tard seulement, quand il entendit le déclic de la porte, il comprit qu'elle était partie. L'enfant s'affaissa par terre.

— Qu'est-ce que vous faites, m'sieu ?

*

Quatre cachets d'aspirine l'un après l'autre et il revint dans la chambre. Le lit n'avait pas été fait depuis huit jours, un cendrier renversé salissait le tapis, divers objets vestimentaires décoraient des endroits improbables, abat-jour et autres. Mais demain, s'il se sentait mieux, il ferait le ménage en grand ; peut-être même ferait-il repeindre les murs, arranger la cour. Demain, il pourrait recommencer à penser à ses amis, à accepter des invitations, à recevoir. Et néanmoins, cette perspective goûtée à l'avance le laissait indifférent : tout ce qu'il avait connu auparavant lui semblait stérile et faux. Des pas dans le couloir. Serait-ce elle déjà, le cinéma fini, l'après-midi achevé ? La fièvre peut faire passer le temps si vite, et pendant un instant, il eut l'impression que ses os flottaient à l'intérieur de son corps. Clop-clop. Le bruit irrégulier des souliers d'enfant. Les pas montèrent l'escalier et Vincent remua, flotta vers la porte à miroir du placard. Il voulait se hâter, il savait que c'était nécessaire, mais l'air semblait épaissi par un liquide visqueux. Il sortit la valise de D. J. du placard, la posa sur le lit. C'était une pauvre valise bon marché, déformée, les serrures couvertes de rouille. Il la regarda d'un air coupable. Où irait-elle ? Où irait-elle habiter ? Quand il avait rompu avec Connie, avec Gordon et tous les autres, il l'avait fait au moins avec une certaine dignité. Mais vraiment — il avait longuement réfléchi — il n'y avait pas d'autre solution. Il rassembla tout ce qu'elle avait laissé, miss Martha Lovejoy risquait un œil sous la veste de cuir, et le visage souriant de la maîtresse de piano lui lançait un reproche oblique. Vincent la mit sens dessus dessous et glissa sous le cadre vingt dollars dans une enveloppe. Cela lui suffirait pour prendre un billet pour Glass Hill ou quelque autre ville d'où elle venait peut-être. Maintenant il s'agissait de fermer la valise mais, trop affaibli par la fièvre, il s'écroula sur le lit. Des ailes jaunes, rapides, glissèrent par la fenêtre. Un papillon. Il n'avait jamais vu de papillon dans cette ville, et c'était comme une fleur flottante et mystérieuse, un signe qu'il regardait avec horreur valser à travers la chambre. Quelque part, dehors, le crin-crin d'un orgue de barbarie se mit à jouer *La Marseillaise*. On eût dit un vieux pianola. Le papillon voltigea sur le tableau de la cheminée, grimpa sur les yeux de cristal et se posa, les ailes ouvertes comme un nœud de ruban sur la tête tranchée. Il fouilla dans la valise jusqu'à ce qu'il eût trouvé les ciseaux. Il pensa d'abord couper les ailes du papillon, mais l'insecte monta en spirales au plafond où il resta fixé comme une étoile. Les ciseaux frappèrent le cœur de l'épervier, rongèrent la toile comme une boule de métal affamée, et des morceaux de toile tombèrent sur le plancher comme des mèches de cheveux raidies. Il se mit à genoux, fit un tas de tous les morceaux, et d'un coup violent, ferma la valise. Il pleurait. Et à travers ses larmes, le papillon s'agrandissait sur le plafond, prenait la taille d'un oiseau, puis il en vint d'autres : tout un vol de papillons légers, frémissants, dans un murmure de solitude, comme l'écume des vagues sur une plage. L'air brassé par leurs ailes lança la chambre dans l'espace. Il se précipita, la valise dans les jambes. Le petit garçon dit :

— Qu'est-ce que vous faites, m'sieu ?

Et Vincent, posant la valise à terre dans le vestibule, sourit d'un air penaud. Il referma la porte comme un voleur, tira le verrou et, approchant une chaise, l'arc-bouta contre la poignée. Dans la chambre immobile ne restaient plus que la subtilité d'un rayon de soleil mouvant et un papillon qui rampait, descendait comme un bout de papier de couleur pour se poser sur un des chandeliers.

Parfois ce n'est pas un homme, lui avait-elle dit, blottie sur le lit, parlant très vite dans les quelques minutes qui précèdent le jour, *parfois c'est quelque chose de tout différent; un épervier, un enfant, un papillon*. Puis elle lui avait dit : *Dans l'endroit où on m'avait enfermée, il y avait des centaines de vieilles dames, et des jeunes gens, et un des jeunes gens disait qu'il était un pirate, et une des vieilles dames — elle avait bien quatre-vingt-dix ans — me faisait toucher son ventre : « Vous sentez, disait-elle, vous sentez les grands coups de pied qu'il donne ? » Cette vieille dame prenait elle aussi des leçons de peinture et ses tableaux ressemblaient à des couvertures Harlequin. Et naturellement il était là, Mr. Destronelli. Seulement il se faisait appeler Gum. Le docteur Gum. Oh ! il n'est jamais arrivé à me tromper, bien qu'il portât une perruque grise et qu'il se fût grimé pour avoir l'air vieux et bon. Je savais bien. Et puis un jour, je suis partie. Je me suis sauvée. Je me suis cachée sous un lilas, et un homme est arrivé dans une petite auto rouge et il avait une petite moustache de souris et des petits yeux cruels. Mais c'était lui. Et quand je lui eus dit qui j'étais, il m'a fait descendre de sa voiture. Ensuite, un autre homme, ça, c'était à Philadelphie, m'a raccrochée dans un café et m'a emmenée dans une ruelle. Il parlait italien et avait des tatouages sur tout le corps. Mais c'était lui. Et l'homme suivant c'était celui qui se teignait les ongles des pieds. Il s'était assis à côté de moi, dans un cinéma, parce qu'il croyait que j'étais un garçon et, quand il s'est aperçu que je n'en étais pas un, il ne s'est pas fâché, il m'a laissée habiter chez lui et il me préparait de bons petits plats. Mais il portait un médaillon en argent et, un jour, l'ayant ouvert, j'ai vu qu'il contenait un portrait de miss Hall. Alors, j'ai su que c'était lui, et j'ai eu le sentiment qu'elle était morte et j'ai su qu'il allait me tuer. Et il le fera. Il le fera.* Crépuscule, tombée de la nuit, et les fibres de son qu'on appelle silence tissèrent un brillant masque bleu. Éveillé, il regardait à travers ses paupières mi-closes, il entendit la folle pulsation de sa montre, un bruit de clef dans une serrure. Quelque part, dans cette heure crépusculaire, un meurtrier se sépare de l'ombre et, avec une corde, suit l'éclair de jambes de soie le long d'escaliers maudits. Et ici, le rêveur regardant à travers son masque rêve de trahison. Sans qu'il ait à le vérifier, il sait que la valise a disparu, qu'elle est venue et qu'elle est repartie ; pourquoi, alors, ressent-il si peu le bonheur de la sécurité, pourquoi se sent-il seulement lésé, petit — petit comme la nuit où il cherchait à apercevoir la lune dans le télescope du vieillard ?

*

Comme des morceaux d'une vieille lettre, le maïs éparpillé gisait foulé aux pieds, et elle, adossée dans l'attitude d'un veilleur, cherchait des yeux parmi les grains, comme pour trouver çà et là un mot, une réponse. Puis elle regarda discrètement l'homme qui montait les marches, Vincent. Il portait sur lui la fraîcheur de la douche, barbe faite, eau de Cologne, mais les yeux étaient cernés de bleu, et le veston de coutil bien repassé qu'il venait d'endosser avait été fait pour un homme plus gros : un long mois de pneumonie, des nuits de brûlante insomnie lui avaient fait perdre plus de douze livres. Tous les matins, tous les soirs, il la rencontrait là, devant sa grille ou près de la galerie, ou devant le restaurant où il déjeunait, et il souffrait d'un désordre sans nom, une sorte de paralysie de temps, d'identité. La muette pantomime de sa poursuite lui contractait le cœur et il y avait des jours tout proches du coma, où elle lui semblait n'être plus un seul être, mais toutes les personnes, une personne multiple, et dans les rues son ombre devenait toutes les ombres, suivantes ou suivies. Et une fois, ils s'étaient trouvés seuls dans un ascenseur, et il avait hurlé :

— Je ne suis pas lui ! Je suis moi, rien que moi !

Mais elle avait souri, comme elle avait souri en lui parlant de l'homme aux orteils peints, parce que n'est-ce pas, « elle savait ».

C'était l'heure du dîner, et ne sachant où il allait manger, il s'arrêta sous un réverbère qui, fleurissant soudain, jeta sur le pavé son complexe éventail de lumière ; tandis qu'il attendait, un coup de tonnerre éclata et, dans la rue, toutes les têtes sauf deux, la sienne et celle de la jeune fille, se levèrent. Une rafale venue de la rivière dispersa le rire des enfants qui, les bras enlacés, bondissaient comme des chevaux de carrousel. La voix de la maman, penchée à une fenêtre, cria :

— La pluie, Rachel... Il va pleuvoir, il va pleuvoir !

Et la charrette de fleurs, avec sa cargaison de glaïeuls et de lierre, brimbala follement tandis que le marchand, un œil vers le ciel, courait se mettre à l'abri. Un pot de géranium tomba et les petites filles ramassèrent les fleurs et se les glissèrent derrière les oreilles. Le clapotement des pieds en pleine course uni au clapotement des gouttes faisait vibrer le xylophone des trottoirs, — portes qui battent, fenêtres qui se ferment, puis rien que le silence et la pluie. Alors, lentement, à pas traînants, elle vint se placer sous le réverbère, près de lui, et on aurait dit que le ciel était un miroir que le tonnerre avait brisé, car la pluie qui tombait à verse tendait entre eux comme un rideau d'éclats de verre pulvérisé.

(Traduit par Maurice Edgar Coindreau.)

MA VERSION DES ÉVÉNEMENTS

Je sais ce qu'on raconte de moi et vous pouvez prendre mon parti ou le leur, ça vous regarde. C'est ma parole contre celle d'Eunice et d'Olivia-Ann, et quiconque a de bons yeux devrait bien voir qui de nous a raison. Je veux juste exposer les faits aux citoyens des États-Unis et c'est tout.

Voici les faits : le dimanche 12 août de cette année de notre Seigneur, Eunice a tenté de me tuer avec le sabre qui fut celui de son papa pendant la guerre civile, et Olivia-Ann a donné dans tous les sens avec un couteau de boucher de trente centimètres de long. Et ceci pour ne rien dire d'une foule d'autres choses. Ça a commencé il y a six mois, quand j'ai épousé Marge. Ce fut ma première sottise. Nous nous sommes mariés à Mobile, quatre jours seulement après avoir fait connaissance. Nous avions seize ans l'un et l'autre et elle était en visite chez ma cousine Georgia. Maintenant que j'ai tout le temps d'y repenser, je suis bien en peine de comprendre comment j'ai pu tomber amoureux d'une fille de son espèce. Elle n'est pas jolie, elle a un corps quelconque, et pas de cervelle pour deux sous. Mais

Marge est une blonde « naturelle » et c'est peut-être ce qui explique tout. Bon, nous étions mariés depuis bientôt trois mois, quand voilà que Marge se trouve enceinte. Ça, c'est la deuxième sottise. Elle se met à pleurnicher qu'elle veut retourner chez maman. Le seul ennui, c'est que de mère, elle n'en a pas; elle a juste deux tantes : Eunice et Olivia-Ann. Enfin elle me fait quitter une situation du tonnerre dans les bureaux *Cash and Carry* et déménager pour venir ici à Admiral's Mill, qui n'est rien d'autre qu'un sacré trou dans la route, de quelque manière qu'il vous plaise de l'envisager. Le jour où Marge et moi débarquâmes à la gare, il pleuvait à verse et croyez-vous que quelqu'un serait venu à notre rencontre ? Je m'étais pourtant fendu d'un télégramme de quarante *cents*. Vous voyez un peu ça : ma femme est enceinte et il faut que nous nous appuyions dix kilomètres à pied sous une pluie battante. Ça a été dur pour Marge, vu que je n'ai à peu près rien pu porter de nos affaires à cause des sales ennuis que j'ai avec mon dos. Quand j'ai aperçu cette maison pour la première fois, je dois dire que j'ai été impressionné. C'était une grande bâtisse jaune, avec de vraies colonnes sur la façade et des cognassiers du Japon rouges et blancs, en bordure de la cour.

Eunice et Olivia-Ann nous avaient vu venir et nous attendaient dans le hall. Je vous jure que je voudrais que vous puissiez les apercevoir, ces deux-là. C'est à crever, parole d'honneur ! Eunice, c'est cette vieille chose énorme et boursouflée avec un derrière qui doit peser cent kilos. Elle se pavane dans la maison, qu'il pleuve ou qu'il vente, dans sa chemise de nuit de l'autre siècle, qu'elle baptise kimono, mais qui n'est rien d'autre qu'une chemise de nuit crasseuse de flanelle. En plus de ça, elle chique et joue à la grande dame qui crache pendant qu'on ne la regarde pas. Elle ne cesse pas de vous seriner qu'elle a reçu une éducation de premier ordre, ce qui, dans son idée, devrait me mettre mal à l'aise, bien que, personnellement, ça ne me trouble pas le moins du monde, vu que je sais qu'elle ne peut même pas lire la page comique sans épeler chaque mot l'un après l'autre. Il faut lui reconnaître une chose, cependant : elle peut additionner et soustraire l'argent si vite, qu'il n'y a pas de doute qu'elle serait à sa place à Washington, district de Columbia, à travailler là où ils le fabriquent ! Ce n'est pas à dire qu'elle n'ait pas un tas de pognon ! Naturellement, elle prétend qu'elle n'en a pas, mais je sais que si, parce que, un jour par hasard, je suis tombé sur près de mille dollars cachés dans un pot de fleurs sur le balcon latéral. Je n'ai pas touché un *cent*, mais Eunice prétend que j'ai volé un billet de cent dollars, ce qui est un fieffé mensonge d'un bout à l'autre. Naturellement tout ce que dit Eunice est parole d'Évangile, vu qu'il n'existe pas à Admiral's Mill une seule personne en vie qui puisse se lever et déclarer qu'elle ne lui doit pas d'argent, et si Eunice assurait que Charlie Carson (un invalide de quatre-vingt-dix ans, aveugle, et qui n'a pas fait un pas depuis 1896) l'avait culbutée et violée, tout le monde dans le pays serait prêt à jurer que c'est vrai sur une pile de bibles. Quant à Olivia-Ann, elle est pire encore, en vérité ! Seulement, elle ne vous tape pas tant sur les nerfs qu'Eunice, car elle est à moitié idiote de naissance, et quelqu'un devrait bien l'enfermer dans son grenier! Elle est pâle et maigre comme tout, et elle a de la moustache. La plupart du temps elle est accroupie dans un coin à tailler un bâton avec son couteau de boucher, ou bien alors elle accomplit quelque tour pendable comme celui qu'elle a joué à Mrs. Harry Smith. J'avais promis de ne le dire à personne, mais quand on vient d'attenter méchamment à la vie de quelqu'un, au diable les promesses!

Mrs. Harry Steller Smith, c'est le canari d'Eunice, qu'elle appelle ainsi, du nom d'une femme de Pensacola qui fabrique ce remède de bonne femme, à tout usage, qu'Eunice prend contre la goutte. Un jour, j'entendis un terrible chahut dans le salon. J'y vais et que vois-je? La cage de l'oiseau béante et Olivia-Ann armée d'un balai en train de chasser Harry Smith par la fenêtre ouverte. Si je n'étais pas entré juste à ce moment précis, il est probable qu'on n'aurait jamais su qui avait fait le coup. Elle eut la frousse que j'aille dire la chose à Eunice, et m'avoua tout, prétendit que ça n'était pas juste de tenir ainsi enfermée une créature du Bon Dieu, et de plus, elle ne pouvait pas supporter le chant de Mrs. Harry Steller Smith. Enfin j'ai eu plutôt pitié d'elle, et elle m'a donné deux dollars pour que je l'aide à fabriquer une histoire pour Eunice. Il va de soi que je n'aurais pas pris l'argent, si je n'avais pas pensé que ça soulagerait sa conscience.

Les premiers mots qu'Eunice prononça, quand je pénétrai dans cette maison, furent :

— Ainsi, c'est pour épouser ça, Marge, que tu t'es sauvée derrière notre dos!

Marge s'exclama :

— N'est-ce pas qu'il est ravissant, tante Eunice?

Eunice m'inspecta des pieds à la tête et dit :

— Dis-lui de se tourner.

Tandis que j'avais le dos tourné, elle dit :

— T'as sûrement choisi le culot de la portée ! Ma parole, il n'a pas l'air d'un homme du tout.

Je n'ai jamais été si vexé de ma vie ! C'est vrai que je suis un peu courtaud, mais il faut dire que je n'ai pas fini de grandir encore.

— Pourtant, c'en est un, dit Marge.

Olivia-Ann, qui était plantée là à bayer aux corneilles, intervint :

— Tu as entendu ce que ma sœur a dit ? Il n'a rien du tout d'un homme. Penser que ce petit avorton puisse aller se vanter qu'il est un homme ! Je parie qu'il n'est même pas du sexe mâle !

Marge dit :

— Vous semblez oublier, tante Olivia, qu'il est mon mari et le père de l'enfant que je porte.

Eunice laissa échapper un vilain bruit, comme seule elle sait en faire, et s'exclama :

— Eh bien, tout ce que je peux vous dire, c'est que je ne m'en vanterais certainement pas !

Charmant accueil, n'est-ce pas, alors que je venais de renoncer à cette situation du tonnerre que j'avais dans les bureaux *Cash and Carry*. Mais ce n'est rien à côté de ce qui allait se passer le même soir. Après que Bluebell eut débarrassé les plats du dîner, Marge demanda aussi gentiment qu'elle put si on voulait bien nous prêter la voiture pour aller au cinéma à Phoenix City.

— Tu dois avoir perdu la tête, répondit Eunice, et ma parole on aurait cru qu'on lui avait demandé de donner le kimono qu'elle avait sur le dos.

— Tu dois avoir perdu la tête, répéta Olivia-Ann.

— Il est six heures, dit Eunice. Si tu crois que je vais permettre à cet avorton de conduire ma Chevrolet 34, qui est tout comme neuve, pour te permettre d'aller seulement jusqu'aux cabinets et retour ! Tu dois avoir sûrement perdu la tête.

Naturellement un tel langage fit pleurer Marge.

— T'en fais pas, chérie, dis-je, j'ai conduit des masses de Cadillac autrefois.

— Ce culot, dit Eunice.

— Oui, soutins-je.

Eunice dit :

— S'il a seulement conduit une charrue, je suis prête à avaler une douzaine de rats frits à la térébenthine !

— Je vous défends de parler de mon mari de cette façon, dit Marge, vous vous conduisez comme des sauvages. Ma parole, on croirait que je vous ai amené un homme d'une espèce inconnue, que j'aurais été trouver en terre inconnue.

— Qui se sent morveux..., dit Eunice.

— Ne crois pas que tu puisses nous donner le change, déclara Olivia-Ann de sa voix braillarde, qui rappelle à s'y méprendre le braiment de l'âne en rut.

— Nous ne sommes pas tombées de la dernière pluie, fit Eunice.

Alors Marge dit :

— Je voudrais que vous compreniez que je suis mariée légalement, devant un représentant qualifié de la loi, avec cet homme, jusqu'à ce que la mort nous sépare, et ceci depuis trois mois et demi. Demandez à qui vous voudrez. Au surplus, tante Eunice, il est libre, de race blanche et âgé de seize ans. Et puis George Far Sylvester n'aime pas entendre parler de son père en ces termes.

George Far Sylvester est le nom que nous avons choisi pour le bébé. Ça sonne bien, vous ne trouvez pas? Seulement maintenant, au point où en sont les choses, je m'en désintéresse complètement.

— Comment une fille peut-elle avoir un enfant avec une autre fille? reprit Olivia-Ann, dans une attaque délibérée à ma virilité. On en apprend vraiment tous les jours!

— Ça suffit, dit Eunice, je ne veux plus entendre parler de ce cinéma à Phoenix City.

Marge sanglota :

— Oh! oh! mais c'est un film de Judy Garland.

— Ça ne fait rien, ma chérie, dis-je, il y a des chances pour que je l'aie déjà vu à Mobile il y a dix ans.

— Ça, c'est un fieffé mensonge! hurla Olivia-Ann. Vous êtes un drôle de coquin, vraiment; Judy ne tourne pas depuis dix ans.

Olivia-Ann n'a jamais vu un film depuis cinquante-deux ans qu'elle est au monde (elle n'avoue son âge à personne, mais j'ai écrit au bureau de l'état civil à Montgomery et ils ont eu la gentillesse de me répondre), mais elle est abonnée à huit revues de cinéma. Si on croit Mrs. Delancey, la postière, c'est le seul courrier qu'elle reçoive jamais en dehors du catalogue *Sears ans Roebuck*[1]. Elle a un béguin tout à fait morbide pour Gary Cooper. Elle a une malle et deux valises remplies de ses photos.

1 Grande entreprise américaine d'achat et vente par correspondance (mail-oder firm). *(N.d.T.)*

Finalement nous sortîmes de table et Eunice traîna sa masse jusqu'à la fenêtre, regarda l'arbre à chapelets et dit :

— Les oiseaux s'installent pour la nuit, il est temps d'aller nous coucher. Tu as ta vieille chambre, Marge, et pour ce monsieur, j'ai arrangé un lit de camp sur le perron de derrière.

Il me fallut bien une bonne minute pour avaler ça.

— Et quelle objection y a-t-il, si vous me permettez la question, à ce que je couche avec ma femme légitime ?

Alors toutes les deux se mirent à hurler contre moi. Là-dessus Marge piqua une crise de rage.

— Assez, assez, assez ! Je ne peux pas en supporter plus. Va, mon petit chéri, va, couche où elles te disent. Demain, nous verrons.

Eunice s'exclama :

— Je me doutais bien que cette enfant-là était raisonnable dans le fond !

— Pauvre petite ! dit Olivia-Ann, en passant son bras autour de la taille et en l'emmenant, pauvre enfant si jeune, si innocente, venons pleurer tout notre saoul sur l'épaule d'Olivia-Ann !

Durant mai, juin, juillet et les trois quarts d'août, j'ai campé et sué sur ce damné perron de derrière, sans la moindre moustiquaire. Et Marge, elle, n'a pas ouvert une seule fois la bouche pour protester ! Il y a des marécages dans ce coin de l'Alabama et des moustiques qui vous tueraient un buffle, si vous les laissiez faire, sans compter des cafards volants venimeux et une bande de rats du pays assez gros pour tirer un wagon d'ici à Tombouctou. Oh ! si ça n'avait pas été pour ce petit George qui devait naître, j'aurais déjà soulevé la poussière de la route depuis un bon bout de temps... Dire que je n'ai pas été cinq secondes avec Marge depuis cette première nuit! L'une ou l'autre est toujours là à nous chaperonner et l'autre semaine j'ai cru qu'elles allaient éclater parce que Marge s'était enfermée dans sa chambre et qu'elles n'ont pu me trouver nulle part. La vérité c'est que j'avais été voir les nègres mettre le coton en balles, mais juste par dépit, j'ai fait croire à Eunice que Marge et moi, nous étions en train de faire ce que vous pensez. A la suite de cela elles ajoutèrent Bluebell à la garde.

Et pendant tout ce temps je n'avais même pas de menue monnaie pour mes cigarettes.

Eunice me harcelait nuit et jour pour que je trouve du travail.

— Pourquoi ce petit païen ne s'en va-t-il pas chercher quelque travail honnête? disait-elle.

Comme vous l'avez sans doute remarqué, elle ne s'adresse jamais à moi directement, bien que, comme c'est le plus souvent le cas, je sois le seul être humain en sa royale présence.

— S'il ressemblait tant soit peu à ce qu'on appelle un homme, il essaierait de gagner un peu de pain pour nourrir cette fille, au lieu de s'empiffrer à mes dépens!

Il faut vous dire que je me suis nourri presque exclusivement de pommes de terre froides et de restes de gruau pendant trois mois et treize jours. J'ai été deux fois consulter le docteur A. N. Carter. Il ne peut pas dire exactement si je suis atteint de scorbut ou non.

Quant au fait que je ne travaille pas, je voudrais

bien savoir ce qu'un homme capable comme je le suis et qui avait un poste du tonnerre au *Cash and Carry* pourrait bien trouver dans un bled infect comme Admiral's Mill ! Il y a en tout et pour tout un magasin ici et Mr. Tuberville, le propriétaire, est vraiment si paresseux que ça lui est pénible de vendre quoi que ce soit. Puis il y a l'église baptiste de l'Étoile du Matin, mais ils ont déjà un prédicateur, un affreux vieil étron qu'Eunice amena un jour pour qu'il s'occupe du salut de mon âme. J'ai entendu de mes propres oreilles le bonhomme lui dire qu'il n'y avait plus rien à faire pour moi.

Mais c'est ce qu'Eunice a fait de Marge qui remporte vraiment le pompon ! Elle a retourné cette fille contre moi d'une façon si écœurante qu'il n'y a pas de mots pour le décrire. Ma parole, elle en était arrivée à un point où elle se rebiffait contre moi. Mais je lui ai fait cadeau d'une bonne paire de claques et mis bon ordre à cela. Ce n'est pas ma propre femme qui me manquera jamais de respect, ça non !

Les lignes ennemies forment un réseau serré : Bluebell, Olivia-Ann, Eunice, Marge et le reste du village (trois cent quarante-deux habitants). Alliés : aucun. Telle était la situation quand, le dimanche 12 août, on en vint à attenter à ma propre vie.

La journée d'hier était calme et il faisait une chaleur à fondre les pierres. Les ennuis ont commencé à deux heures juste ; je sais ça, parce que Eunice a un de ces fichus coucous qui me flanque la trouille à chaque coup. J'étais dans le salon et je n'embêtais personne. J'étais en train de composer une chanson sur le piano droit qu'Eunice a acheté pour Olivia-Ann. Elle lui a même payé un professeur qui venait une fois par semaine de Colombus, Georgie. La postière, Mrs. Delancey, qui était mon amie, jusqu'à ce qu'elle se soit aperçue que ça n'était peut-être pas très prudent, m'a raconté que ce professeur de fantaisie était ressorti comme une flèche de la maison, un après-midi, comme s'il avait eu le vieil Adolf Hitler à ses trousses, qu'il avait bondi dans son coupé Ford et qu'on n'en avait plus jamais entendu parler. Comme je vous disais, j'étais dans le salon à la recherche d'un peu de fraîcheur, ne gênant personne, quand voilà que rapplique Olivia-Ann, les cheveux tortillés dans des bigoudis et qui se met à hurler :

— Cessez ce chahut infernal à l'instant ! Vous ne pouvez donc pas ficher la paix aux gens une minute ! Laissez ce piano tranquille et tout de suite. Il n'est pas à vous, mais à moi, et si vous ne le quittez pas immédiatement, vous pouvez être sûr que je vous fais passer devant le tribunal le premier lundi de septembre.

S'il y a quelque chose qui la travaille, c'est qu'elle est jalouse de moi, parce que je suis un musicien-né et que les chansons que je compose sont absolument merveilleuses.

— Et vous voyez un peu, Mr. Sylvester, ce que vous avez fait à mes touches en ivoire véritable, reprend-elle, se précipitant vers le piano, vous les avez presque toutes arrachées du clavier, par pure méchanceté, voilà ce que vous avez fait !

Elle sait parfaitement bien que le piano était bon à mettre au rebut quand je suis entré dans la maison.

Je lui dis :

— Puisque je vois que rien ne vous échappe, miss

Olivia-Ann, peut-être serez-vous contente de savoir que je ne suis pas moi-même sans connaître quelques histoires intéressantes. Des choses que peut-être certaines gens seraient bien contents d'apprendre, comme, par exemple, ce qui est arrivé à Mrs. Harry Smith. Vous vous souvenez de Mrs. Harry Steller Smith ?

Elle s'arrêta et regarda la cage vide :

— Vous m'aviez donné votre parole, dit-elle, et elle se mit à rougir de façon terrifiante.

— Peut-être bien que oui, peut-être bien que non, dis-je, ça n'était pas très joli de tromper Eunice comme vous l'avez fait, mais si certaine personne veut bien ficher la paix aux gens, alors peut-être que je n'en parlerai pas.

Eh bien, monsieur, elle s'en alla aussi *gentiment* et *doucement* que vous pouvez imaginer. J'allai m'étendre sur le sofa qui est le meuble le plus hideux que j'aie jamais vu et qui fait partie d'un mobilier assorti qu'Eunice acheta à Atlanta en 1912 et qu'elle paya comptant deux mille dollars ou, du moins, c'est ce qu'elle prétend. Ces meubles sont garnis de peluche noir et vert olive et dégagent une odeur comparable à celle des plumes de poulet, un jour de pluie. Il y a une grosse table dans un coin sur laquelle se trouvent deux portraits, ceux du papa d'Eunice et de la maman d'Olivia-Ann et d'Eunice. Papa est plutôt beau garçon mais, entre nous, je suis convaincu qu'il a du sang noir dans les veines, qu'il tient de quelque part. Il était capitaine pendant la guerre civile, et c'est une chose que je ne suis pas près d'oublier, à cause de son sabre accroché sur le manteau de la cheminée et qui va jouer un rôle capital dans les événements qui vont suivre.

La maman a cet air à moitié idiot, à moitié patibulaire d'Olivia-Ann, bien que je doive dire que la maman le porte mieux.

Donc je venais juste de m'assoupir, quand j'entendis Eunice qui beuglait :

— Où est-il ? Où est-il ?

Et au même moment je la vois qui se dresse dans l'encadrement de la porte, les mains plantées carrément sur ses hanches d'hippopotame et toute la bande qui se presse derrière elle : Bluebell, Olivia-Ann et Marge.

Plusieurs secondes s'écoulèrent, tandis qu'Eunice frappait le sol de son vieux pied nu aussi vite et furieusement qu'elle pouvait, en même temps qu'elle éventait son visage gras avec une carte postale représentant les chutes du Niagara.

— Où l'a-t-il mis ? dit-elle, où a-t-il mis le billet de cent dollars qu'il m'a volé, pendant que j'avais le dos tourné, sans méfiance ?

— Ah ! cette fois, voilà la goutte qui fait déborder le vase ! dis-je, mais j'avais trop chaud et j'étais trop fatigué pour me lever.

— Il y a autre chose qui pourrait bien déborder ! dit-elle, ses gros yeux d'insecte sur le point de lui sortir de la tête. C'était l'argent pour mon enterrement et je veux le récupérer. Vous ne vous doutiez pas qu'il volerait les morts !

— Peut-être bien qu'il ne l'a pas pris, dit Marge.

— Tu ferais mieux de ne pas te mêler de ça, ma petite ! fit Olivia-Ann.

— Il m'a volé mon argent aussi sûr qu'il fait jour ! dit Eunice. Il n'y a qu'à regarder ses yeux, noirs de culpabilité !

Je bâillai et déclarai :

— Comme ils disent au tribunal : si la partie plaignante accuse faussement la partie défendante, le plaignant pourra être incarcéré, même si la loi de l'État dont il fait légalement partie prévoit la protection de ses ressortissants.

— Dieu le punira, dit Eunice.

— Oh ! ma sœur, intervint Olivia-Ann, ne comptons pas sur Dieu !

Là-dessus, Eunice s'avance sur moi avec son allure vraiment pas ordinaire, sa chemise de nuit de flanelle sale traînant sur le plancher. Olivia-Ann se colle derrière et Bluebell laisse échapper un gémissement qui a dû être entendu clairement jusqu'à Eufala, tandis que Marge resta là à se tordre les mains et à pleurnicher.

— Oh, oh, sanglote-t-elle, je t'en prie, mon petit chéri, redonne-lui son argent.

— Et toi, Brutus, dis-je, ce qui est dans Shakespeare.

— Penser qu'il existe des cocos de son espèce qui se prélassent toute la journée et qui ne se donneraient même pas la peine de remuer le petit doigt, dit Eunice.

— Ça fait pitié, ricana Olivia-Ann.

— Vous croiriez que c'est lui qui va avoir un enfant, au lieu de cette pauvre fille, reprit Eunice.

Bluebell y mêla son grain de sel :

— C'est pas la pure vérité ?

— Vous ne croyez pas, dis-je, que c'est la charité qui se moque de la misère ?

— Après avoir tiré sa flemme ici pendant trois mois, est-ce que ce nabot aurait l'audace de m'insulter ? dit Eunice.

J'époussetai ma manche pour en faire tomber une cendre, et pas démonté le moins du monde, déclarai :

— Le docteur A. N. Carter m'a prévenu que je suis dangereusement atteint de scorbut et qu'il me faut éviter toute cause d'excitation : autrement, je peux me mettre à écumer et mordre quelqu'un.

Alors Bluebell dit :

— Pourquoi qu'il ne retourne pas à son ordure de Mobile, miss Eunice, j'en ai plein le dos de lui porter sa gamelle de soupe.

Naturellement, la remarque de cette mal blanchie me rendit si furieux que ma vue se brouilla. Aussi, avec un grand sang-froid me dressé-je, attrapé-je un parapluie du portemanteau et lui cogné-je sur la tête, jusqu'à ce que le parapluie se brisât net en deux.

— Mon parapluie en véritable soie du Japon ! hurle Olivia-Ann, pendant que Marge s'exclame :

— Tu as tué Bluebell, tu as tué la pauvre vieille Bluebell !

Eunice poussa Olivia-Ann et dit :

— Il est devenu fou, ma sœur. Courons chercher Mr. Tuberville.

— Pas confiance en Mr. Tuberville, déclare Olivia-Ann. Je vais aller chercher mon couteau et elle se précipite vers la porte.

Mais comme je ne me soucie pas d'être tué, je la flanque par terre par une sorte de plaquage. Cela se répercute dans mon dos et me fait un mal de chien.

— Il va la tuer, braille Eunice, assez fort pour flanquer la maison par terre. Il va toutes nous assassiner, je te l'avais bien dit, Marge ! Vite, mon enfant, passe-moi le sabre de papa !

Alors Marge attrape le sabre et le passe à Eunice. Parlez-moi du dévouement conjugal ! Et, comme si ça n'allait pas assez mal comme ça, voilà Olivia-Ann qui m'envoie un terrible coup de genou qui me fait lâcher prise. Tout de suite après, nous l'entendîmes beugler des hymnes dehors dans la cour :

Mes yeux ont été témoins
De la venue glorieuse du Seigneur.
Il foule aux pieds la vendange
Où se sont entassés les raisins de la colère.

Pendant ce temps Eunice fait des moulinets dans toutes les directions, brandissant furieusement le sabre de papa. Je réussis je ne sais comment à grimper au faîte du piano. Alors Eunice monte sur le tabouret et comment ce siège vermoulu a pu supporter un monstre de son poids, ce n'est pas moi qui pourrai vous le dire.

— Descends de là, sale poltron, avant que je ne te transperce, crie-t-elle, et elle me donne un coup de tranchant : j'ai une coupure d'un centimètre qui est là pour le prouver.

Entre-temps, Bluebell était revenue à elle et avait décampé dans la direction d'Olivia-Ann pour prendre part à ses oraisons dans la cour de devant. Je suppose qu'elles attendaient mon cadavre et Dieu m'est témoin qu'elles l'auraient eu, si Marge n'avait pas tourné de l'œil.

C'est bien la seule chose que je puisse mettre à son crédit. Ce qui arriva après, je ne me rappelle pas exactement. Tout ce que je sais, c'est qu'Olivia-Ann réapparut avec son couteau de trente centimètres de long, suivie d'un groupe de voisins. Mais Marge tout à coup devint l'attraction principale. Je suppose qu'ils l'emportèrent dans sa chambre. En tout cas, sitôt qu'ils furent partis, je me suis barricadé derrière la porte du salon. J'ai poussé tout contre les chaises de peluche noir et vert et cette grosse table d'acajou qui doit bien peser deux tonnes, ainsi que le portemanteau et une foule d'autres objets. J'ai fermé les fenêtres et j'ai tiré les stores. Et puis j'ai trouvé une boîte de cinq livres de bonbons *Sweet Love* et à cette minute même, je suis en train de mâcher un chocolat exquis à la crème et fourré à la cerise. Ils viennent parfois à la porte, cognent, hurlent ou essaient de me faire entendre raison, parce que, je vous assure, ils ont tout à fait changé de musique maintenant. Quant à moi, je leur joue un petit air sur le piano de temps en temps, uniquement pour leur faire savoir que je suis de bonne humeur.

(Traduit par S. Doubrovsky.)

UN ARBRE DE NUIT

C'était l'hiver. Une rangée d'ampoules électriques nues, qui semblaient vidées de toute chaleur, illuminait le quai de la petite gare, où soufflait une bise glaciale. Il avait plu au début de la soirée et à présent des glaçons pendaient aux gouttières de la gare comme les dents menaçantes de quelque monstre de cristal... A part une jeune fille assez grande, il n'y avait pas âme qui vive sur le quai. Cette jeune fille portait un tailleur de flanelle grise et, par-dessus, un imperméable et une écharpe de laine à grands carreaux. Ses cheveux, peignés avec une raie au milieu et des boucles gracieuses sur les côtés, étaient d'un beau blond tirant sur le châtain; et bien que son visage fût un peu trop maigre et étroit, peut-être, elle ne manquait pas de charme, sans être une beauté. En plus d'une collection d'illustrés et d'un sac de daim gris, où l'on pouvait lire « KAY » en lettres de cuivre d'un dessin recherché, elle portait ostensiblement une guitare verte de cow-boy.

Lorsque le train, tout giclant de vapeur et éblouissant de lumière, émergea de la nuit et s'arrêta avec un fracas de tonnerre, Kay rassembla toutes ses affaires et monta dans le dernier wagon.

C'était plutôt une relique qu'un wagon : tout l'intérieur était délabré; les sièges antiques de peluche rouge étaient par endroits usés jusqu'à la corde et la peinture couleur teinture d'iode des boiseries s'écaillait. La lampe de cuivre vénérable qui pendait au plafond avait un air romantique et incongru. Une fumée fuligineuse et sinistre flottait dans l'air et l'atmosphère surchauffée du wagon accentuait encore le remugle des sandwiches jetés à même le plancher parmi les trognons de pomme et les écorces d'orange. Cette litière de détritus, qui comprenait également des gobelets de papier, des bouteilles de limonade et des journaux déchirés, jonchait toute la longueur du couloir. D'un réfrigérateur logé dans la cloison, un ruisseau d'eau continu coulait sur le plancher. Quant aux voyageurs, qui levèrent les yeux d'un air las lorsque Kay entra, ils ne semblaient pas ressentir la moindre incommodité.

Kay eut envie de se boucher le nez, mais résista à la tentation et se faufila le long du couloir en marchant avec le plus grand soin; une fois, elle trébucha sur une jambe qui dépassait et dont le propriétaire était un gros homme somnolant : mais il n'y eut point de catastrophe. Deux hommes, de type indéfinissable, lui jetèrent un coup d'œil plein d'intérêt au passage et un gosse se leva de son siège en braillant : « Hé! maman, vise-moi ce banjo! Hé! madame, laissez-moi jouer sur votre banjo! » Une claque de la maman le rappela à l'ordre.

Il n'y avait qu'une place libre, et elle se trouvait tout au bout du wagon, dans un compartiment isolé, déjà occupé par un homme et une femme qui étaient assis, les pieds paresseusement allongés sur le siège libre en face d'eux. Kay hésita une seconde, puis demanda :

— Cela ne vous ferait rien que je m'asseye ici ?

La femme releva la tête brusquement, comme si on ne lui avait pas posé une simple question, mais qu'on l'avait piquée avec une aiguille. Toutefois, elle sourit tant bien que mal.

J'vois pas ce qui pourrait t'arrêter, mon chou, dit-elle en retirant ses pieds du siège et en déplaçant aussi, avec une sorte de détachement curieux, ceux de l'homme, qui regardait fixement par la fenêtre, sans prêter la moindre attention.

Kay remercia la dame et enleva son imperméable. Puis elle s'assit et s'installa, avec le sac et la guitare à côté d'elle et les illustrés sur les genoux. Somme toute, c'était assez confortable, — mais si seulement elle avait pu avoir un oreiller pour son dos ! — Le train eut une secousse ; un suaire de vapeur blanche frôla la fenêtre avec un sifflement ; lentement, les pauvres lumières de la gare solitaire s'estompèrent dans la nuit.

— Pour un trou perdu, en voilà un ! fit la femme. Pas même une ville, rien de rien !

Kay remarqua :

— La ville est à quelques kilomètres de distance.

— Tiens, vous y habitez ?

Non. Kay expliqua qu'elle avait été assister aux funérailles d'un de ses oncles. Un oncle qui (elle se garda bien de le dire) ne lui avait légué en tout et pour tout que la guitare verte. Où allait-elle ? Oh ! Elle retournait à l'Université.

La femme parut peser cette réponse et conclut :

— Qu'est-ce que tu veux donc apprendre dans un endroit pareil ? Laisse-moi te dire, mon chou, que pour ce qui est de l'éducation, j'en ai pas qu'un peu, et pourtant, j'ai jamais mis les pieds dans une université !

— Tiens ? murmura Kay poliment et elle mit fin à la discussion en ouvrant l'un de ses illustrés.

Il n'y avait pas assez de lumière pour lire et, d'ailleurs, aucune des histoires n'avait l'air bien intéressante. Cependant, comme elle n'avait nulle envie de s'embarquer dans un concours de papotages, elle continua à fixer l'illustré d'un air stupide, jusqu'à ce qu'elle sentît une tape furtive sur son genou.

— Ne lis donc pas ! fit la femme. J'ai besoin de quelqu'un pour faire la conversation. Parce que, bien sûr, c'est pas marrant de causer avec lui.

D'un geste brusque, elle désigna l'homme si silencieux du pouce :

— C'est un infirme : sourd-muet, tu piges ?

Kay referma l'illustré et la regarda plus ou moins pour la première fois. Elle était courtaude ; ses pieds effleuraient à peine le plancher. Et comme bien des personnes de petite taille, elle avait une malformation, en l'occurrence un chef énorme, presque monstrueux. Elle s'était collé tant de fard sur ses bajoues empâtées qu'il était même difficile de deviner son âge : cinquante ans peut-être, ou cinquante-cinq. Ses gros yeux de mouton louchaient, comme s'ils se méfiaient de ce qu'ils voyaient. Ses cheveux étaient manifestement teints en roux et ils étaient tortillés en boucles épaisses, raides comme des tire-bouchons. Un chapeau couleur lavande, de taille impressionnante, et qui dut être élégant autrefois, reposait sur le côté de sa tête en un équilibre instable et elle passait son temps à rabattre en arrière un bouquet de cerises en celluloïd cousu au bord de son chapeau, lequel bouquet retombait sans cesse. Elle portait une robe bleue très ordinaire, et même passablement minable. Son haleine exhalait une forte odeur sirupeuse de gin.

— N'est-ce pas que t'as envie de me causer, mon chou ?

— Bien sûr, assura Kay avec un amusement très relatif.

— Mais oui ! Tu parles si c'est évident ! Moi, c'est ce que j'aime dans un train. Les voyageurs des autobus ne sont qu'une bande de couillons à la bouche cousue. Un train, y a que ça de vrai pour pouvoir se déboutonner un peu ! C'est ce que je répète toujours. — Sa voix basse et masculine avait une résonance joyeuse, une vraie voix de rogomme. — Mais c'est à cause de lui que j'essaie toujours d'avoir ce siège ; ça fait plus intime, quoi, un compartiment de rupins !

— C'est très agréable, admit Kay. Merci de m'avoir permis de me joindre à vous.

— Tout le plaisir est pour moi. Nous n'avons pas beaucoup de compagnie... Ça rend certaines personnes nerveuses d'être assises à côté de lui.

Comme pour protester, l'homme émit un son étrange et velouté du fond de la gorge et tira la femme par la manche.

— Laisse-moi tranquille, mon chéri, dit-elle, comme si elle parlait à un enfant indocile. Ça biche ! On est juste en train de faire un gentil brin de causette. Allons, tiens-toi bien ou la jolie jeune fille va s'en aller. Elle est très riche... Elle va à l'Université.

Elle ajouta avec un clin d'œil :

— Il me croit pompette !

L'homme s'affaissa dans son siège, mit la tête de côté et observa Kay intensément du coin de l'œil. Ses yeux, telle une paire de billes d'un bleu lacté, vaguement obnubilés, étaient ombragés de cils épais, d'une beauté étrange. Mais, à part, peut-être, un certain air de détachement, sa large face imberbe n'avait absolument aucune expression. On eût dit qu'il était incapable d'éprouver ou de refléter la moindre émotion. Ses cheveux gris étaient coupés court et grossièrement coiffés à la chien. Il ressemblait à un enfant devenu subitement vieux par quelque tour de sorcellerie. Il portait un costume râpé de serge bleue et il s'était inondé d'un parfum à bon marché écœurant. Au poignet, il portait une montre-bracelet « Mickey Mouse ».

— Il me croit ivre ! reprit la femme. Et le plus marrant, c'est que je le suis ! Et puis, zut ! Il faut bien faire quelque chose, pas vrai ?... Pas vrai, hein ? fit-elle en se penchant encore davantage.

Kay continuait à fixer l'homme ; la façon dont il la dévisageait lui donnait la nausée, mais elle ne pouvait en détacher ses regards.

— Certainement, répondit-elle enfin.

— Eh bien, buvons donc un coup ! suggéra la femme.

Elle plongea la main dans un sac de toile cirée et en retira une bouteille de gin en partie vide. Elle commença à en dévisser la capsule, puis se ravisa et tendit la bouteille à Kay.

— Mince, j'oubliais que tu étais de la fête ! dit-elle. Je vais aller nous chercher quelques chouettes gobelets de papier.

Et, avant que Kay eût pu protester qu'elle ne voulait pas boire, la femme s'était levée et dirigée d'un pas mal assuré vers le réfrigérateur.

Kay bâilla et appuya le front contre la glace tout en tambourinant vaguement sur la guitare : les cordes rendaient un son creux et berceur, dont la monotonie était aussi apaisante que celle du paysage méridional qui, pris dans la poix des ténèbres, défilait à toute allure par la fenêtre. Une lune d'hiver glaciale tournait au-dessus du train dans le ciel nocturne comme une mince roue blanche.

Et soudain, il se passa quelque chose d'étrange et de totalement inattendu : l'homme allongea la main et caressa doucement la joue de Kay. Malgré son extraordinaire délicatesse, le geste était si téméraire que Kay fut tout d'abord trop bouleversée pour savoir ce qu'elle devait en penser : dans un sursaut d'imagination, elle entrevit trois ou quatre perspectives fantastiques... Il se pencha en avant, jusqu'à ce que ses yeux étranges fussent tout près des siens. L'odeur de son parfum écœurait Kay. La guitare se tut, tandis qu'ils échangeaient un regard scrutateur. Subitement, elle ressentit pour lui une vive pitié, jaillie de quelque source secrète, et à la fois, sans qu'elle pût s'en empêcher, un dégoût accablant, une répugnance invincible... Il y avait en lui une qualité indéfinissable qu'elle n'arrivait pas à formuler et qui lui rappelait... quoi ?

Au bout de quelques instants, il baissa la main d'un air solennel et se rencogna dans son siège, et sa bouche se fendit en un sourire inepte, comme s'il venait d'accomplir un véritable tour de force qu'il souhaitait voir applaudir.

— Hue, hue! mes poulains sauvages! brailla la femme.

Et elle s'assit en proclamant à grands cris qu'elle avait « le tournis comme un mouton », qu'elle était « morte de fatigue, ah! ah! ». Elle prit deux gobelets de papier parmi une poignée et fourra négligemment le reste dans son corsage.

— Faut les conserver dans un endroit bien sec, ah! ah! ah!

Elle fut saisie d'une quinte de toux, mais lorsque celle-ci fut apaisée, elle parut plus calme.

— Est-ce que mon petit ami s'est montré divertissant? demanda-t-elle en se caressant délicatement la poitrine. C'est qu'il est si gentil!

A sa mine, on eût cru qu'elle allait tourner de l'œil. Et c'était bien là ce que souhaitait Kay!

— Je n'ai pas envie de boire, dit Kay en lui rendant la bouteille. Je ne bois jamais. J'ai horreur du goût...

— Faut pas être trouble-fête! répliqua la femme avec fermeté. Là, tiens ton gobelet comme une petite fille bien sage...

— Non, je vous en prie...

— Bon Dieu, tiens-le droit! Non mais, voyez-vous ça, nerveuse à son âge! Moi, si j'ai la tremblote, j'ai des raisons. Dieu sait si j'en ai!

Un sourire dangereux convulsa le visage de la femme en une grimace hideuse.

— Mais...

— Qu'est-ce qu'il y a? Je ne suis peut-être pas assez bonne pour boire avec mademoiselle, des fois?

— Je vous en prie, comprenez-moi bien, fit Kay avec un tremblement dans la voix. C'est juste que je n'aime pas être forcée de faire quelque chose à contrecœur... Voyons, ne pourrais-je pas donner cela au monsieur?

— Ça non, alors! Il a besoin du peu de jugeote qu'il a! Allons, ma petite, colle-toi ça dans le fusil!

Kay, voyant qu'il n'y avait rien à faire, décida de se soumettre et d'éviter une scène possible. Elle but une gorgée et frissonna. C'était du gin de trente-sixième ordre, qui lui brûla la gorge jusqu'à lui faire venir des larmes. Vite, profitant de ce que la femme ne regardait pas, elle vida le gobelet dans le trou de la guitare. Toutefois, l'homme la vit et Kay, s'en rendant compte, l'implora hardiment du regard pour qu'il ne la trahît point. Mais elle ne pouvait dire, à son absence totale d'expression, jusqu'à quel point il la comprenait.

— D'où viens-tu, ma petite? reprit la femme au bout d'un moment.

Un instant déroutée, Kay n'arriva pas à trouver de réponse. Les noms de plusieurs villes lui vinrent tout à coup à l'esprit. Finalement, de ce chaos elle réussit à extraire :

— La Nouvelle-Orléans. J'habite La Nouvelle-Orléans.

La femme rayonna :

— C'est là que je veux aller quand je serai claquée! Une fois, c'était en 1923, j'y ai dirigé un bon petit commerce de voyante. Même que c'était dans la rue Saint-Pierre.

Elle s'arrêta et se baissa pour poser la bouteille vide sur le parquet. Celle-ci roula dans le couloir, où elle continua d'osciller d'avant en arrière avec un son mat.

— J'ai été élevée au Texas, dans une grande ferme... Mon père était riche. Nous, les gosses, on avait toujours ce qu'il y avait de mieux, — Paris, la France, les vêtements ! Je parie que tu as une grande maison chic, toi aussi. Avez-vous un jardin et y faites-vous pousser des fleurs ?

— Juste des lilas.

Un contrôleur pénétra dans le wagon, précédé par un coup de vent glacial qui alla remuer les détritus du couloir avec fracas et introduisit un bref souffle de vie dans la lourde atmosphère. Le contrôleur s'avança à pas pesants, s'arrêtant de temps en temps pour poinçonner un ticket ou pour parler avec un voyageur. Il était minuit passé. Quelqu'un jouait de l'harmonica avec dextérité. Une autre personne était en train de discuter les mérites d'un certain homme politique. Un enfant poussait des cris à travers son sommeil.

— Peut-être que tu ne ferais pas tant la sucrée, si tu savais qui on est, dit la femme, en agitant son énorme tête. On n'est pas n'importe qui, je te le dis !

Dans son embarras, Kay ouvrit nerveusement un paquet de cigarettes et en alluma une. Elle se demanda si, par hasard, il ne pouvait pas y avoir de siège libre dans un des wagons de tête. Elle ne pouvait supporter cette femme — et son compagnon itou — une minute de plus. Jamais auparavant elle ne s'était trouvée dans une situation même de loin comparable.

— Avec votre permission, dit-elle, je dois vous quitter. J'ai passé avec vous un moment très agréable, mais j'ai un ami que j'ai promis de rencontrer dans le train...

D'un geste rapide comme l'éclair, la femme saisit la jeune fille au poignet.

— Est-ce que ta mère ne t'a donc pas appris que c'était un péché de mentir? murmura-t-elle de façon théâtrale.

Le chapeau couleur lavande glissa de sa tête, mais elle ne fit rien pour le retenir. Elle se mouilla les lèvres d'un rapide coup de langue. Et comme Kay restait debout, elle resserra son étreinte.

— Assieds-toi, mon chou... Tu n'as pas d'ami... C'est nous tes seuls amis et tu ne voudrais pas nous quitter pour un empire.

— En toute honnêteté, je ne disais pas de mensonge.

— Allons, assieds-toi, mon chou!

Kay laissa choir sa cigarette et l'homme la ramassa. Il se rencogna et parut tout entier absorbé à faire des ronds de fumée vigoureux qui montaient en l'air comme des orbites vides et se dissipaient...

— Voyons, tu ne voudrais pas le blesser en nous quittant à présent, mon chou? susurra doucement la femme. Assieds-toi! Là... A la bonne heure! Dis donc, en voilà une jolie guitare...

Sa voix sombra dans le bruit strident, analogue aux parasites atmosphériques, que fit un autre train au passage. Pendant l'espace d'une seconde, les lumières du wagon s'éteignirent et, dans l'obscurité, les fenêtres baignées de lumière dorée de l'autre train clignotèrent dans une succession de noir et de jaune, de noir et de jaune... La cigarette de l'homme palpitait comme la lueur chaude d'une luciole et ses anneaux de fumée continuaient à s'élever tranquillement. Dehors, une cloche tintait follement.

Quand la lumière revint, Kay était en train de frotter son poignet tout endolori à l'endroit où la poigne solide de la femme avait laissé une marque comme celle d'un bracelet. Elle était plus déroutée que fâchée. Elle décida de demander au contrôleur de lui trouver une autre place. Mais lorsqu'il vint prendre son ticket, sa requête se perdit en sons incohérents

— Pardon, mademoiselle?

— Rien, fit-elle.

Et le contrôleur disparut.

Le trio dans le compartiment resta à se dévisager en silence, jusqu'à ce que la femme déclarât :

— J'ai là quelque chose que je veux te montrer, ma petite!

Une fois de plus, elle fouilla dans son sac de toile cirée.

— Tu ne feras plus ta poire, quand tu m'auras pigé ça!

Et elle tendit à Kay un prospectus imprimé sur un papier si vieux et jauni, qu'on eût cru qu'il remontait à plusieurs siècles. En lettres grêles, un peu trop ornées, on pouvait lire :

LAZARE

L'HOMME ENTERRÉ VIVANT

UN MIRACLE

Venez tous voir!

Adultes, 25 *cents*. Enfants, 10 *cents*.

— Je commence toujours par chanter un hymne, et puis je lis un sermon, dit la femme. C'est très triste : il y a des gens qui pleurent, surtout les vieux. Et j'aime autant te dire que je suis mise avec la dernière élégance : voile noir, robe noire, oh ! tout ce qu'il y a de plus seyant. Lui, il porte un magnifique habit de marié fait sur mesure, un turban et des tas de poudre de talc sur le visage. Tu comprends, on fait tout pour que ça ait l'air d'un vrai enterrement. Mais, zut ! aujourd'hui, on a toutes les chances de récolter une bande de petits malins qui viennent pour faire des gorges chaudes... Des fois, je suis vraiment heureuse qu'il soit infirme, parce que autrement il pourrait bien se vexer...

— Vous voulez dire que vous faites partie d'un cirque ou d'une attraction foraine ou quelque chose de ce genre, dit Kay.

— Je t'en fiche, on est tout seuls ! répondit la femme en se baissant pour ramasser son chapeau. Ça fait des années et des années qu'on fait ça... On a présenté notre petit numéro dans tous les bleds du Sud : Singsong, Mississippi, — Spunky, Louisiane, — Eureka, Alabama...

Ces noms et d'autres encore tombèrent musicalement de ses lèvres comme autant de gouttes de pluie...

— Après l'hymne et le sermon, on l'enterre.

— Dans un cercueil ?

— Une espèce de cercueil... Il est magnifique, avec des étoiles d'argent sur tout le dessus du couvercle...

— J'aurais cru qu'il étoufferait, fit Kay, abasourdie. Combien de temps reste-t-il enterré ?

— Tout compte fait, ça prend environ une heure — naturellement, sans tenir compte de la petite séance préparatoire...

— La petite séance préparatoire ?

— Ah ! Ah ! C'est ce qu'on fait la veille du spectacle. Vois-tu, on cherche un magasin (n'importe quel vieux magasin avec une grande vitrine fait l'affaire) et on s'arrange avec le propriétaire pour qu'il le laisse s'asseoir à l'intérieur de la vitrine et, disons le mot, s'hypnotiser... Il reste là toute la nuit, raide comme un piquet, tandis que les badauds viennent voir : ça leur fout la pétoche...

Tout en parlant, elle s'enfonçait un doigt dans l'oreille, le retirant de temps à autre pour examiner le tableau de chasse.

— Et une fois, ce vieux con de shérif dans le Mississippi a essayé de...

L'histoire qui suivit était déconcertante et sans aucun intérêt : Kay ne se donna pas le mal d'écouter. Pourtant, ce qu'elle avait déjà entendu faisait naître en elle un courant de rêverie, une récapitulation des funérailles de son oncle, — un événement qui, à la vérité, ne l'avait guère affectée, puisqu'elle l'avait à peine connu. Et tout en jetant un regard distrait sur l'homme, elle revit en imagination le visage de son oncle, livide sur l'oreiller de soie blanche dans son cercueil. En rapprochant par la pensée, pour ainsi dire, le visage de l'homme et celui de son oncle, elle pensa retrouver un étrange parallèle : il y avait, sur la figure de l'homme, la même sorte de tranquillité incongrue, secrète, comme si, en un sens, il était vraiment un objet exposé dans une cage de verre, étalé complaisamment à la vue et sans désir aucun de voir.

— Pardon, que disiez-vous ?

— Je disais : si seulement on nous permettait de

nous servir régulièrement d'un cimetière ! Dans l'état actuel des choses, on doit monter le spectacle n'importe où, — surtout dans des terrains vagues qui, neuf fois sur dix, donnent sur un poste d'essence qui pue, ce qui, évidemment, n'arrange pas les choses ! Mais, comme je te le disais, on a un numéro au poil, le meilleur du monde. Faudrait que tu viennes le voir à l'occasion .

— Oh ! Ce serait avec grand plaisir..., dit Kay d'un air absent.

— Oh ! Ce serait avec grand plaisir..., singea la femme. Mais qui est-ce qui te l'demande, hein ? Est-ce qu'on te l'demande ?

Elle releva sa robe et se moucha allégrement dans le bas d'un jupon élimé.

— Tu peux me croire, c'est pas un moyen facile de se faire du fric. Tu sais combien on a fait de recettes le mois dernier ? Cinquante-trois dollars ! Ma petite, essaie un jour de vivre là-dessus !

Elle renifla et réajusta sa jupe avec une grande affectation.

— Ouais, un de ces quatre matins, mon beau mignon va claquer là-dedans et même alors, il y aura encore quelqu'un pour dire que c'était de la blague !

Juste à ce moment, l'homme sortit de sa poche ce qui semblait être un noyau de pêche recouvert d'une belle laque et le tint en équilibre dans le creux de sa main. Il regarda Kay et, certain d'avoir capté son attention, ouvrit tout grands les yeux et se mit à presser et à caresser le noyau de façon vaguement obscène.

Kay fronça le sourcil.

— Que veut-il ?

— Il voudrait que vous l'achetiez.

— Mais qu'est-ce que c'est ?

— C'est une amulette, expliqua la femme, un charme d'amour.

La personne qui jouait de l'harmonica s'arrêta. D'autres bruits, moins captivants, attirèrent aussitôt l'attention : ronflements, roulis de la bouteille de gin, discussions de voix à moitié gagnées par le sommeil, ronronnement lointain des roues du train.

— Où pourrais-tu obtenir l'amour à meilleur compte, mon chou ?

— C'est très bien, je veux dire c'est très fort..., répondit Kay, en essayant de gagner du temps.

L'homme frotta le noyau sur son pantalon pour le faire briller. Il avait la tête baissée dans une attitude suppliante et lugubre, et bientôt il plaça le noyau entre ses dents et le mordit, comme s'il s'était agi d'une pièce d'argent suspecte.

— Les amulettes me portent toujours malheur. Et d'ailleurs... Je vous en prie, dites-lui d'arrêter.

— N'aie donc pas si peur, dit la femme d'une voix plus catégorique que jamais. Il ne va pas te manger !

— Faites-le cesser, nom de Dieu !

— Qu'est-ce que je peux faire ? dit la femme avec un haussement d'épaules. C'est toi qui as de l'argent. T'es riche. Tout ce qu'il veut, c'est un dollar, un seul dollar.

Kay serra sa bourse sous son bras.

— J'ai juste de quoi m'en retourner à l'Université, assura-t-elle en mentant, tandis qu'elle se levait d'un bond et gagnait le couloir.

Elle s'arrêta un instant, s'attendant à du grabuge. Mais il ne se passa rien.

La femme, jouant délibérément l'indifférence, poussa un soupir et ferma les yeux. Peu à peu, l'homme se calma et remit le charme dans sa poche. Puis sa main rampa sur le siège et saisit celle de la femme en une molle étreinte. Kay referma la porte et marcha jusque sur la plate-forme du wagon. Dehors, il gelait à pierre fendre et elle avait laissé son imperméable dans le compartiment. Elle desserra son écharpe et s'en couvrit la tête.

Bien que ce fût la première fois qu'elle fît ce voyage, le train traversait une région qui lui était étrangement familière : de grands arbres, entourés de brume et pâlis par un clair de lune espiègle, dominaient le train de chaque côté, sans intervalle, sans éclaircie. Le ciel était d'un bleu profond, inexplorable, peuplé d'étoiles qui s'éteignaient çà et là. Elle apercevait des traînées de fumée qui suivaient dans le sillage de la locomotive comme des coulées d'ectoplasme. Dans un coin de la plate-forme, une lampe à pétrole brûlait en projetant des ombres rougeoyantes.

Elle trouva une cigarette et essaya de l'allumer. Mais le vent éteignit les allumettes les unes après les autres, jusqu'à ce qu'il ne lui en restât plus qu'une. Elle s'approcha du coin où brûlait la lampe et essaya de protéger la dernière allumette en l'entourant de ses mains. La flamme jaillit, vacilla, s'éteignit. Avec colère, elle rejeta la cigarette et la boîte d'allumettes vide. La tension de ses nerfs atteignit son paroxysme : elle frappa la cloison du poing et se mit à pleurnicher comme un enfant colérique.

L'intensité du froid lui donnait mal à la tête et elle n'avait qu'une envie, c'était de rentrer dans le wagon et s'assoupir. Mais cela lui était impossible, à présent du moins. Et il eût été oiseux de s'en étonner, car elle en connaissait pertinemment la raison. Tout haut, — en partie pour s'empêcher de claquer des dents et en partie pour se rassurer au son de sa propre voix, elle dit : « Nous sommes dans l'Alabama à présent et demain nous serons à Atlanta... J'ai dix-neuf ans, j'aurai vingt ans au mois d'août et je suis une étudiante de deuxième année... » Elle promena son regard parmi les ténèbres environnantes, dans l'espoir de voir pointer le jour, mais ne rencontra que le même mur d'arbres, la même lune glacée... « Comme je le déteste ! Quel affreux bonhomme et comme je le déteste ! » Elle s'arrêta, honteuse de sa propre sottise et trop épuisée pour se déguiser la vérité : elle avait peur.

Tout à coup, une impulsion étrange l'obligea à s'agenouiller et à toucher la lampe. Son gracieux tuyau de verre était chaud et la lueur rougeoyante pénétra ses mains et les rendit lumineuses. La chaleur lui dégela les doigts et lui donna des picotements le long des bras.

Elle était si absorbée qu'elle n'entendit pas la porte s'ouvrir. Le roulement du train, avec son bruit de ferraille, assourdit les pas de l'homme.

Ce fut une sensation ténue, presque imperceptible, qui finalement l'alerta ; mais il se passa quelques secondes, avant qu'elle eût le courage de se retourner.

Il se tenait là, dans un muet détachement, la tête inclinée, les bras ballants à ses côtés. En fixant cette figure inoffensive et dénuée d'expression, sur laquelle la lampe mettait de brillants reflets rouges,

Kay savait ce qui lui faisait peur : c'était un souvenir, le souvenir des terreurs enfantines qui, jadis, il y avait bien longtemps, planaient au-dessus de sa tête comme les branches hantées d'un arbre de nuit. Tantes, cuisinières, étrangers, tous débitaient à qui mieux mieux des histoires, ou enseignaient des chansons, où il était question de fantômes et de mort, de présages, d'esprits et de démons... Et toujours, invariablement, revenait la menace de Croquemitaine : « Reste près de la maison, mon enfant, sinon Croquemitaine t'emportera et te mangera vivante ! » Il était partout, Croquemitaine, et partout il y avait du danger. La nuit, au lit, ne tape-t-il pas à la fenêtre ? Écoute.

Se tenant au garde-fou, elle se releva petit à petit, jusqu'à ce qu'elle fût debout. L'homme hocha la tête et lui montra la porte d'un geste... Kay respira profondément et s'avança. Ils rentrèrent ensemble dans le wagon.

L'atmosphère y était lourde de sommeil : une lumière solitaire éclairait l'ensemble du wagon et créait ainsi une sorte de pénombre artificielle. Il n'y avait d'autres mouvements que le roulis paresseux du train et le froissement furtif des journaux jetés au rebut.

Seule la femme était bien éveillée. On pouvait voir qu'elle était tout excitée : elle tripotait nerveusement ses boucles et ses cerises en celluloïd et, dans son agitation, balançait ses petites jambes dodues, croisées aux chevilles, d'avant en arrière. Elle ne fit pas attention quand Kay s'assit. L'homme s'installa dans son siège, une jambe repliée sous lui et les bras croisés sur la poitrine.

Kay fit un effort pour paraître indifférente et prit un illustré. Elle s'aperçut que l'homme l'épiait, sans cesser de la regarder un seul instant : elle le sentait, bien qu'elle eût peur d'en chercher la confirmation directe, et elle voulait crier et réveiller tous les voyageurs du wagon. Mais s'ils n'entendaient pas ? S'ils n'étaient pas réellement *endormis* ? Ses yeux s'emplirent de larmes qui grossirent et déformèrent les caractères d'imprimerie sur la page qu'elle lisait, jusqu'à ce que sa vue se brouillât complètement. Elle referma l'illustré d'un geste brutal et agressif, et fixa la femme.

— Je l'achète, dit-elle. Je veux dire l'amulette. Je l'achète, si c'est tout... tout ce que vous voulez.

La femme ne répliqua pas. Elle sourit nonchalamment en se tournant vers l'homme.

Sous les yeux de Kay, le visage de ce dernier parut changer d'aspect et s'effacer devant elle, comme un rocher en forme de lune glissant et s'engloutissant sous une nappe d'eau... Elle se laissa aller à une chaude somnolence et eut vaguement conscience que la femme s'emparait de son sac et qu'elle rabattait doucement l'imperméable sur sa tête comme un linceul.

(Traduit par S. Doubrovsky.)

DU MÊME AUTEUR

Aux Éditions Gallimard

LES DOMAINES HANTÉS *(L'Imaginaire n° 157)*

LA HARPE D'HERBES *(L'Imaginaire n° 25)*

UN ARBRE DE NUIT *(Folio n° 1339)*

LES MUSES PARLENT

PETIT DÉJEUNER CHEZ TIFFANY *(Folio n° 364)*

MORCEAUX CHOISIS

DE SANG-FROID *(Folio n° 59)*

L'INVITÉ D'UN JOUR

LES CHIENS ABOIENT

MUSIQUE POUR CAMÉLÉONS *(Folio n° 2134)*

UN NOËL *(Folio Bilingue n° 17)*

PORTRAITS ET IMPRESSIONS DE VOYAGE

NOUVELLES — ROMANS — IMPRESSIONS DE VOYAGES — PORTRAITS — PROPOS

Composition Euronumérique.
Impression Bussière Camedan Imprimeries
à Saint-Amand (Cher), le 4 juin 1998.
Dépôt légal : juin 1998.
1er dépôt légal dans la collection : juin 1996.
Numéro d'imprimeur : 983016/1.
ISBN 2-07-074481-7./Imprimé en France.

87447